울지 않는 달

울지 않는 달

초판 1쇄 발행 | 2025년 1월 3일
초판 2쇄 발행 | 2025년 2월 14일

지은이 | 이지은
펴낸이 | 염종선
책임편집 | 김영선
조판 | 황숙화
펴낸곳 | (주)창비
등록 | 1986년 8월 5일 제85호
주소 | 10881 경기도 파주시 회동길 184
전화 | 031-955-3333
팩스 | 영업 031-955-3399 편집 031-955-3400
홈페이지 | www.changbi.com
전자우편 | ya@changbi.com

ⓒ 이지은 2025
ISBN 978-89-364-3151-8 43810

* 이 책 내용의 전부 또는 일부를 재사용하려면
  반드시 저작권자와 창비 양측의 동의를 받아야 합니다.
* 책값은 뒤표지에 표시되어 있습니다.

울지 않는 달

이지은 소설

창비

차례

이 이야기는 오래전

하늘에서 달이 사라졌던

몇 해간의 이야기이다.

기도로 무장한 인간들이 오늘도 달에게 달려들고 있다.

"무엇이든 이루어 주시는 달님, 어떤 아이라도 내려 주시면 사랑으로 키울게요, 제발."

"달님, 제 자랑스러운 남편이 나라를 위해 전쟁터에 나갔습니다. 부디 그이를 굽어살펴 주시고……."

"자비로운 달님, 부자가 되게 해 주세요."

"저놈만 없으면. 달님, 저놈만!"

"야! 이 달님아! 그렇게 부자가 되게 해 달라고 빌었건만……."

"모든 걸 주시는 달님이시여, 달님이시여, 나의 아이가 이 땅을 무사히 넘어……."

동그랗고 뽀얀 달은 하루도 빠짐없이 인자한 미소로 땅을 내려다보고 있었다. 반쯤 감은 눈 아래로 드러난 눈물 자국은 달을 더 신비롭게 보이게 했다.

사람들은 달이 자신들을 보살핀다고 생각했다. 부모처럼 미소 짓고, 눈물짓는다고 생각했다. 하지만 달은 눈을 움직이지 못할 뿐이고 입꼬리를 내리지 못할 뿐이었다. 그리고 달은 울지 못했다. 그뿐이었다. 심지어 달에게 기도를 들어 줄 신비한 힘 따위는 없었다. 자신의 운명을 하늘에 맡기는 인간의 한심함이 달을 화나게 했다. 달은 표정을 바꿀 수만 있다면 인간을 무섭게 노려보고 싶었고 손이라도 있으면 귀를 떼어 버리고 싶었다. 울 수 있다면 매일 울고 싶었다.

산과 강이 몇 번이나 변했지만 기도는 멈추지 않았다. 달은 인간들이 미웠다. 그렇다고 달이 아무것도 하지 않은 것은 아니다. 사랑과 축복의 기도를 찾아 기쁨의 순간을 만들려고도 했다. 하지만 순수했던 기도들도 시간이 지나면 여지없이 욕심의 기도로 변해 갔다. 결국 달의 마음속에 남아 있던 마지막 친절도 사라졌다.

'제발 기도를 멈춰 주기를!'

달은 눈에 보이는 모든 것들에게 빌었다. 하늘과 별과 땅과 벌레들에게도 빌었다. 심지어 기도하는 자들에게도 빌었다. 마치 인간처럼 구걸했다.

달은 그렇게 어둠 속에 혼자 남겨졌다. 그러던 어느 날 사나운 기도들이 하늘을 덮쳤다. 분노와 절망과 공포의 기도들로 하늘이 터져 나갔다. 전쟁이었다.

달은 많은 전쟁들을 봐 왔지만 이런 무시무시한 기도가 휩쓰는 전쟁은 처음이었다. 기도는 천둥소리로 변해 달의 귀를 때렸다. 귀를 막을 손도 도망갈 다리도 없는 달은 또다시 기도에 잡아먹혔다.

달은 바랐다. 먼지보다도 작게 부서져 한 톨의 자신도 남지 않기를. 그 누구도 자신에게 기도할 수 없기를. 달은 텅 빈 껍데기만 남아 하늘이라는 감옥에 매달려 있었다.

우주의 시간을 살아 낸 달이지만 대전쟁을 내려다보는 건 쉽지 않았다. 달은 고개를 돌릴 수 있기를, 눈감을 수 있기를, 올라간 입꼬리를 조금이라도 내릴 수 있기를 바랐다.

그나마 다행인 건 어떤 대단한 전쟁도 자연의 시간보다 길지 않았다. 인간들은 생각보다 빠르게 스스로를 파괴했다.

기도 소리가 잦아들었다. 긴 전쟁이 끝나 가고 있었다.

"응?"

모깃소리같이 작고 앵앵거리는 소리가 귀를 간지럽혔다.

'울음소리? 잘못 들은 거겠지.'

달은 귀를 열었다.

"으에엥!"

이번엔 북소리처럼 크게 들렸다.

'제발, 안 돼.'

인간의 기도만 아니라 울음소리까지 들리게 되는 건 아닌지 달은 두려웠다.

기우뚱 ── 달을 잡고 있던 뭔가가 툭하고 끊어졌다.

거대한 힘이 달을 짓밟았다. 한 번도 움직여 본 적 없는 달은 눈을 데굴거렸다. 폭풍 같은 바람이 맹렬히 달려들었다. 온몸의 분화구가 떨렸다. 번쩍하는 찰나 주변의 모든 것들이 흐르는 빛처럼 쓸려 내려갔다. 눈을 떠 보려고 안간힘을 썼지만 소용돌이치는 불덩어리가 얼굴을 뭉개 버렸다. 하늘이 달의 몸을 조여 왔다. 몸을 때리는 것 같기도 떠받치는 것 같기도 했다. 뜨거워졌다가 금세 차가워졌다. 달은 세로로 길쭉해졌다가 가로로 납작해졌다. 달려드는 바람에 입과 목구멍이 열리고 눈알은 거의 튀어나올 뻔했다. 달은 자신에게 무슨 일이 일어나고 있는지 알아내려고 애썼다. 그러다 한 가지 단어가 떠올랐다. **소멸.**

소멸이었다. 달은 이 순간을 수없이 상상했다. 땅의 생명들이 사라지는 것을 지켜보며 부러워했다. 드디어 달의 차례가 온 것이다. 달은 마음의 준비를 했다.

달의 입꼬리가 올라갔다.

쿠앙──!

달의 귀에 세상이 둘로 쪼개지는 소리가 들렸다. 세상이 위로 아래로 옆으로 빠르게 뒤흔들렸다. 놀랄 새도 없이 바로 섰다 싶으면 뒤집혔고, 앞이 되었나 싶으면 뒤가 되었다. 입안으로 흙과 나뭇잎이 쉴 새 없이 흘러들어 왔다가 나갔다. 무엇인지 모를 것들이 눈을 찌르고 할퀴었다. 달은 눈을 질끈 감았다. 한 번도 감아 본 적 없는 눈이었다.

달은 자신이 구르고 있다는 것을 이해했다. 한참을 구르던 달이 너른 평지 한가운데에서 멈췄다.

달은 입안으로 들어온 것들을 뱉어 내느라 자신의 얼굴이 움직이는 것도 눈치채지 못했다. 숨을 깊이 들이마셨다. 낯선 냄새가 배어 있는 바람이 달을 쓰다듬으며 지나갔다. 달이 감았던 눈을 천천히 떴다.

'사라지는 게 아니었나?'

달은 땅 위에 있었다. 기도 소리 대신 풀벌레 소리와 새소리, 흐르는 계곡물 소리가 귀를 채웠다. 달의 눈이 서서히 어둠에 익숙해졌다. 길게 뻗은 나무들, 펼쳐진 나뭇가지와 나뭇잎, 그 사이로 뻥 뚫린 하늘, 그리고 잘게 박힌 별들이 모습을 드러냈다.

더 넓은 하늘을 보고 싶어 눈꺼풀을 들어 올렸다. 밤하늘에 흘러가는 은하수를 하염없이 바라봤다. 조금 전까지 자신이 있던 하늘이었다.

"기도할 만하군."

그 순간 몸에서 뭔가가 꿈틀거렸다. 깊은 곳에서 뭔가가 터지듯이 뿜어져 나와 몸 구석구석으로 퍼졌다. 마치 아주 가느다란 실들이 온몸을 꽉 채운 것 같은 느낌이었다. 곧 달은 자신이 움직일 수 있다는 것을 알았다. 달은 좌우로 몸을 흔들었다. 자신의 의지대로 흔들리는 몸에 흐리멍덩하던 머릿속이 빛으로 번쩍거렸다.

달은 몸을 크게 굴렸다. 몸이 빠르게 휙 들어 올려졌다. 들어 올려진 몸에 놀라 더 세게 뒤로 고꾸라졌다. 달의 첫걸음은 실패로 돌아갔지만 흙 속에 파묻힌 입꼬리가 올라갔다. 기쁜 실패였다. 달이 가장 바라던 실패. 첫 움직임의 실패.

달은 서툴지만 땅에서 필요한 움직임들을 하나둘씩 익혀 나갔다.

제자리 돌기, 뒤뚱거리기, 구르기, 달리기, 멈추기, 뒤집기……

달은 소멸한 것이나 다름없었다. 하늘에서 달은 사라졌으니까. 최초의 걸음마를 실컷 즐기고 난 후 달은 중요한 질문을 떠올렸다.

'근데…… 왜 떨어진 거지?'

전쟁은 끔찍했다. 전쟁에서 가장 약자는 아이들과 여인들이었다. 그 때문에 여인은 어딘지도 모를 곳을 향해 달리고 있고 품에 안긴 아이는 매달릴 힘도 없이 늘어져 있다.

　많이 배운 자들은 총과 대포로 국민의 터전과 정신을 지켜야 한다고 소리 질렀고, 많이 가진 자들은 전쟁에서 승리하면 얻을 수 있는 것들을 늘어놓았으며, 무기를 손에 쥔 자들은 적들이 이 나라를 집어삼킬 것이라며 어딘가로 매일 총질을 했다. 그들의 언어는 매력적이고 단순해서 큰 결정을 쉽게 내릴 수 있게 했다.

　전쟁을 공표하자마자 남편은 자원입대를 했다. 여인은 남편이 자랑스러웠다. 남편이 떠나는 모습을 지켜보며 자신도 국가와 가족을 위해 힘든 시간을 견디리라 마음먹었다. 그러나 승리와 함께 돌아올 것이라 약속했던 남편은 결국 돌아오지 않았다.

　전쟁이 불리해지자 무기를 앞세운 자들과 많은 걸 가진 자들과 많이 배운 자들은 국민들의 희생으로 위기를 벗어나야

한다고 입을 모았다. 그들은 어린아이들과 여자들도 전쟁터로 떠밀었다. 전쟁에 반대하는 사람들은 어딘가로 끌려갔고 다시 돌아오지 않았다. 두려웠던 여인은 전쟁 지지서에 또 한 번 서명했다.

　얼마나 달렸을까. 다리에서 흐르는 피가 여인의 바지를 물들였다. 여인은 오직 하나만 생각하며 뛰었다. 아이.
　여인은 걸음을 앞으로 옮겨 보려 하지만 더 이상 움직이지 않았다. 바닥에 쓰러지듯이 주저앉았다. 바위에 등을 기댔다. 목까지 채워진 단추를 하나씩 풀어내니 회색의 작고 보드라운 머리통이 삐죽 튀어나왔다. 한 살이 채 안 된 아이였다. 여인이 아이의 머리를 쓰다듬으며 입을 맞췄다.
　"나의 아기."
　아직 잠에서 깨지 않은 아이가 품으로 파고들며 갈비뼈를 눌렀다. 날카로운 고통이 온몸을 타고 전해져 왔다. 어금니를 깨물어 신음 소리를 목 뒤로 삼켰다. 눈가에 눈물이 맺혔다. 고개를 들어 하늘을 봤다. 곧 땅으로 붙을 것같이 가까워진 커다란 달이 여인을 보며 인자한 미소를 짓고 있었다.

얼음처럼 차가웠던 몸이 따뜻해지는 것 같았다. 볼록하게 고인 여인의 눈물에 달이 담겼다. 여인은 크게 숨을 들이쉬었다. 마음으로 전해도 될 기도였지만 엄마의 마음은 그게 아니었다. 한 글자 한 글자 입 밖으로 내보냈다.

"달님…… 내 아이를 보살피소서……."

달빛이 여인과 아이를 넓게 덮었다. 고였던 눈물이 넘쳐흘렀다. 여인은 영원한 잠에 빠졌다.

달에게 기도를 들어줄 힘이 없다는 걸 여인은 알지 못했다.

한참이 지나고 나무 사이로 흐르는 바람 소리에 아이가 깼다. 반쯤 감긴 눈으로 엄마의 얼굴에 뺨을 비볐다. 차가워진 엄마의 볼이 닿자 아이는 울음을 터트렸다. 빨개진 아이의 얼굴이 곧 터질 것 같았다. 엄마는 왜 달래 주지 않는 걸까. 작은 두 주먹으로 엄마의 가슴을 때리고 또 때렸다. 엄마의 머리카락을 잡아당기고 흔들었다. 서러운 울음소리가 나무를 타고 하늘로 퍼졌다. 달이 하늘에서 들었던 그 소리였다.

달은 숲을 돌아다니며 토양의 점성, 나무껍질의 두께, 벌레의 모양, 이끼 서식지, 돌의 종류 들을 눈에 담느라 정신이 없다. 최초의 땅은 지금과 달랐다. 자신처럼 둥그런 돌이었다. 그러던 땅에 이끼가 생겼다. 그 작고 보잘것없는 생물이 생명을 퍼뜨려 지금의 풍요로운 땅을 만들었다.

달은 무한히 기다렸다. 보잘것없고 축축한 이끼가 자신의 몸에도 돋아나기를.

이끼들을 가만히 내려다보며 촉촉한 냄새를 코로 빨아들였다.

이이잉―

달이 몸을 일으켰다. 얼마나 세게 일으켜 세웠는지 뒤로 두 바퀴나 굴러갔다.

달이 겨우 멈춰서 주변을 두리번거렸다. 하늘에서 떨어지기 직전 달이 들었던 울음소리가 다시 들려오고 있었다.

달은 모른 척했다. 인간의 소리라면 지긋지긋했다. 혹시라도 이 기분 나쁜 소리가 기도 소리처럼 자신을 괴롭힐까 봐 달은 울음소리와 반대 방향으로 몸을 굴렸다. 땅에 닿을 때마다 힘을 줘 속도를 높였다. 달은 자신이 어디로 가는지도 모르고 무조건 달아났다.

힘없는 소리라 멀리 가면 사라질 것 같았다. 하지만 뒤도 보지 않고 산 하나를 넘었는데도 울음소리는 귀에 딱 붙어 떨어질 생각을 하지 않았다. 산 두 개를 넘고 세 개를 넘어도 달라지는 건 없었다.

"그래, 찾아내 주마."

달은 길을 되돌아갔다. 울퉁불퉁한 산길을 수십 번 떨어지고 미끄러졌다. 흐릿하게 들리던 울음소리는 달이 어느 숲에 도착할 즈음 또렷해졌다.

멀리 나무 사이로 사람이 앉아 있는 것이 보였다. 울음소리가 다시 커졌다. 달은 다가갈지 말지 망설이다 조심스럽게 몸을 움직였다. 아이가 여인의 품에 안겨 서럽게 울고 있었다.

"너구나."

여인은 세상을 떠난 지 한참 지났다. 바위에 기대앉은 채로 하늘을 향해 미소를 짓고 있었다. 달도 하늘을 올려다봤지만 거기엔 아무것도 없었다.

아이는 눈, 코, 입이 달린 커다란 돌을 보고는 다시 목이 찢어져라 울기 시작했다. 달은 아이에게서 멀리 떨어졌다. 아이가 여인의 옷섶 안으로 기어 들어갔다. 밤바람에 아이가 몸을 떨었다.

나뭇잎이라도 덮어 주고 싶었지만 달에겐 손이 없었다. 추운 밤 굶주린 짐승들이 지켜보는 이 숲에서 아이가 얼마나 버틸 수 있을까. 달이 해 줄 수 있는 것이라곤 까마귀 정도를 쫓는 것뿐이었다. 아이의 쓸쓸한 끝을 지켜보는 것 말고는 할 수 있는 일이 없었다. 아이의 울음소리가 힘을 잃어 갔다. 아이의 몸이 좀 더 세게 떨렸다. 달이 아이 옆으로 자리를 옮겨 바람을 막아 줬다.

달이 나지막이 입을 뗐다.

"원래 삶은 완벽하지 않단다."

처음이었다. 달이 누군가를 위로하고 싶은 마음이 든 것은. 그 순간 달의 배 속에 물컹한 것이 느껴졌다. 양쪽 옆구리가 간질거리더니 길쭉하고 끝이 둥근 막대가 뽑혀 나왔다. 막대 끝이 다섯 개의 가지로 나누어지고, 크고 작은 마디들이 생겼다. 원래부터 몸에 있던 것같이 관절들은 섬세하고 믿음직

스럽게 움직였다. 손과 팔이었다.

달은 손을 크게 벌렸다가 오므렸다. 손으로 얼굴을 만졌다. 돌과 돌이 부드럽게 긁히는 소리가 몸을 울리며 귀까지 전해졌다.

달은 바닥에 떨어진 나무 막대기와 작은 돌을 주워 양손에 쥐고 몸의 이곳저곳을 여러 세기로 두드려 보았다. 마치 악기를 연주하는 연주자 같았다.

달은 작은 나무통을 옮겨 보기도 하고 부러진 나뭇가지 위에 다른 나뭇가지를 겹쳐 탑을 쌓기도 했다. 달은 팔을 벌리고 제자리에서 팽이처럼 돌았다.

"꺄아하."

아이가 활짝 웃었다. 갑자기 펼쳐진 달의 손 마술 덕분일까. 달이 어릿광대처럼 보였나 보다.

달이 조심스럽게 아이에게 다가갔다. 아이는 달을 더 가까이 보고 싶어 몸을 앞으로 뺐다가 다시 여인의 품으로 돌아갔다. 달은 아무 말도 없이 그 모습을 지켜보았다.

가까이 본 아이의 입술이 바짝 말라 있었다. 달은 아이에게서 시선을 거뒀다. 인간의 일에 달이 개입하는 건 있을 수 없는 일이었다. 달은 몸을 돌려 아이에게서 멀어졌다. 숲길을 빠져나오는 내내 아이의 시선이 느껴졌지만 방향을 바꾸지 않았다.

달은 숲을 걸으며 산을 빼곡하게 채운 생명들의 소리에 집중했다. 갑자기 달 앞으로 새끼 사슴 한 마리가 튀어나왔다. 달도 새끼 사슴도 놀라 걸음을 멈췄다. 새끼 사슴은 천천히 다가와 달의 냄새를 맡았다. 긴 속눈썹 아래로 반짝이는 까만 눈동자, 푹신한 털에 밴 어미의 젖 냄새가 아이를 떠올리게 했다.

"인간의 냄새잖아!"

어디선가 신경질적인 소리가 들렸다. 어미 사슴이었다. 씹고 있던 풀을 다 넘기지도 않은 채 볼을 불룩거리며 달을 노려보고 있었다. 깜짝 놀란 새끼 사슴이 어미 사슴에게 뛰어갔다. 어미 사슴은 새끼 사슴의 몸 구석구석 냄새를 맡았다. 새끼 사슴은 어미 품으로 밀고 들어가 불어 있는 젖을 빨아댔다. 달이 그 모습을 물끄러미 바라봤다.

인간의 냄새가 어쨌다는 것인가. 세상에 지독한 인간의 냄새가 가득 찬 게 하루 이틀 일인가.

"인간의 냄새!"

어미 사슴은 머리를 번쩍 들어 올리고 코를 씰룩거리더니 한 번 더 소리치며 새끼 사슴과 함께 깊은 숲으로 달아났다. 자신의 눈앞에서 무례하게 행동하는 짐승을 달은 처음 보았다. 달의 눈썹이 올라갔다.

"멧돼지 때문이야."

머리 위에서 웅웅거리는 소리가 들렸다.

달이 몸을 기울여 위를 올려다봤다. 올빼미였다.

"멧돼지들, 인간의 피에 굶주려 있거든. 어린 인간이면 더 끔찍이 사냥할 거야. 인간들 때문에 멧돼지의 땅이 완전히 사라질 뻔했어. 그 후로 멧돼지들은 인간 사냥을 해. 그게 습성이 된 거지. 숲의 동물에게 인간 냄새가 배면 그 무리도 가만두지 않아."

올빼미가 머리를 아래위로 까닥이며 말했다.

"마주치면 물로 뛰어들어. 이곳의 멧돼지들은 물을 무서워해. 목숨은 구할 수 있을 거야."

올빼미는 몸을 크게 부풀리더니 하늘로 날아가 버렸다.

'멧돼지에게 목숨을 구걸하란 말인가.'

쓸데없는 소리를 지껄인다고 생각하면서도 달은 한동안 자리를 뜨지 못했다.

"성가시군."

아이가 있던 숲을 향해 몸을 굴렸다.

달이 도착했을 때 여인의 품에 있어야 할 아이는 사라지고 없었다. 짐승의 발자국 같은 것도 없었다. 흔적 없이 사라진 걸로 봐서 맹금류가 물고 간 게 틀림없었다. 역시 어쩔 수 없는 자연의 일이라고 생각했다.

다시 한번 여인이 누워 있는 곳으로 다가가 여인의 얼굴을 바라봤다. 어디서 왔으며 어디로 가고 있었던 것인지 궁금해졌다. 그때, 여인이 기댄 바위틈에 쌓여 있는 마른 나뭇잎 더미가 들썩였다. 나뭇잎을 치우고 나니 아래 웅크리고 잠들어 있는 아이의 얼굴이 보였다. 찬 바람과 엄마 몸의 냉기를 피해 파고들었나 보다. 달 자신도 눈치채지 못할 정도로 짧은 순간, 달은 안심했다.

부스럭—

수풀 쪽에서 들리는 소리에
달이 몸을 돌렸다.
　숲 저편에 샛노란 두 개
의 빛이 달을 향해 천천히
다가오고 있었다. 커다란
그림자가 몸을 드러냈다.
　늑대였다.

카나와 그녀의 짝은 유독 사이가 좋았다. 서로는 서로의 반쪽이었다. 어느 날 카나는 자신이 새끼를 밴 것을 알았다. 임신을 하기에 너무 많은 나이였기에 모두 카나가 임신한 것을 놀라워했다. 하지만 마냥 기뻐하고 있을 수만은 없었다.

그날도 짝은 빈손이었다. 카나는 돌아온 짝의 얼굴을 핥으며 괜찮다고 말했다. 커다란 고기를 먹지 못한 지 열흘이 넘어갔다. 보름이 넘으면 카나도 아이도 위험했기 때문에 카나와 짝은 애가 탔다.

이튿날 카나도 함께 토끼 사냥을 나갔다. 영양분이 될 만한 양식은 아니었지만 그것이라도 먹어야 했다. 둘이 하는 토끼 사냥은 어려운 것이 아니었는데 너무 오래 굶은 탓인지 계속 놓치고 말았다. 토끼가 죽을힘을 다해 초원으로 달려나갔다.

늑대의 사냥에는 규칙이 있다. 너무 멀리 달아난 사냥감은 쫓지 않는다는 것이다. 최소한의 힘을 남겨 두어야 혹시 모를 위험이 생겼을 때 자신을 지킬 수 있기 때문이다. 그런데 카나의 짝이 너무 멀리까지 토끼를 쫓았다. 카나와 배 속의 새끼에게 뭐라도 먹이고 싶은 마음 때문이었다. 그러다 넘지 말아야 할 땅을 밟아 버렸다. 멧돼지의 땅이었다.

카나가 짝을 말리러 뒤따라가고 있었지만 이미 늦었다. 멧돼지에게 늑대의 냄새를 남겼다. 급히 돌아 나온 카나와 짝이 늑대의 땅을 향해 도망쳤다. 불행히도 젊고 덩치 큰 멧돼지는 늙은 늑대를 금세 따라잡았다. 벌어지면 안 될 싸움이었다.

멧돼지가 카나의 뒷다리를 물었다. 카나가 중심을 잃고 바닥에 고꾸라졌다. 짝이 멧돼지의 등에 올라타 목을 물어뜯었다. 들판 끝에서 서너 마리의 멧돼지가 무리를 이뤄 달려오고 있었다. 짝은 멧돼지를 더 세게 물었다.

카나도 멧돼지에게 달려들 준비를 하느라 등 털이 바짝 섰다. 짝이 카나를 보면서 눈을 깜빡였다. 짝의 눈빛이 카나에게 말하고 있었다. 카나가 지켜야 할 건 자신이 아니라고 전하고 있었다. 카나는 짝의 반짝이는 호박색 눈을 바라봤다. 카나는 천천히 뒷걸음질 쳤다. 그러곤 늑대의 땅으로 달렸다. 짝과 멧돼지들의 소리가 들판을 울렸지만 카나는 한 번도 뒤돌아보지 않았다.

카나는 몇 날 며칠 멧돼지의 땅 쪽을 바라보며 울었다.

무리의 다른 늑대들은 카나를 쫓고 있을 멧돼지들이 늑대
의 땅을 침략할까 두려웠다. 새끼를 밴 채 다리를 절뚝이는
늙은 늑대는 무리에 큰 약점이 될 것이었다. 게다가 출산을
하고 나면 카나는 더욱 쇠약해질 것이었다.

하지만 멧돼지들은 이상하리만큼 조용했다. 인간들이 일
으킨 대전쟁 때문이었다. 멧돼지의 땅을 인간들이 약탈하고
파괴했다. 멧돼지들이 터전을 잃고 씨름하는 동안에 카나는
시간을 벌 수 있었다.

어느 날 차가운 바람이 카나를 깨웠다. 카나의 아랫배가
또 한 번 세게 뭉쳤다.

카나는 혼자 땅을 팠다. 짝과 함께했다면 완전히 몸을 숨
길 수 있는 깊은 땅굴을 팔 수 있었을 텐데 이번엔 그러지 못
했다. 한나절을 꼬박 파냈지만 겨우 몸을 눕힐 정도의 구덩
이가 전부였다.

늦은 오후가 되어 진통이 시작되었다. 비좁은 구덩에서 몸
을 이리저리 돌려 가며 배에 힘을 줬다. 몇 번을 밀어냈지만
새끼는 쉽게 나오지 않았다. 머리 꼭대기에 있던 달이 한참

기울었다. 이제는 고개를 돌릴 힘도 남지 않아 숨만 겨우 몰아쉬고 있었다. 카나가 마지막 힘을 쥐어짰다. 드디어 새끼가 몸 밖으로 밀려 나왔다. 한 마리였다.

카나는 열흘이 지날 즈음 새끼에게 씹던 고기를 뱉어서 먹였다. 생후 보름이 안 된 늑대에게 날고기는 너무 거칠었다. 새끼는 먹는 것의 반 이상은 다 토해 냈다.

허기가 진 새끼는 젖을 찾아 매달렸다. 그럴 때마다 카나는 벌떡 일어나 새끼를 젖에서 떨어뜨렸다. 새끼가 아무것도 먹지 못하고 울기만 하는 날도 있었다. 그래도 카나는 젖을 물리는 대신 무른 고기를 밀어 넣었다.

그렇게 며칠이 지난 어느 날 완두콩처럼 옆으로 누워 있던 새끼가 어딘가로 엉금엉금 기어갔다. 카나가 씹어 놓은 고깃덩어리 쪽이었다. 새끼는 씹어 놓은 고기를 한입씩 떼어 오물거렸다. 오후가 되어 누렇고 기다란 똥이 새끼의 엉덩이에 달렸다. 카나가 바라고 바라던 날이었다.

한동안 카나는 굴에서 한 발자국도 나오지 않았다. 간간이 무리의 다른 늑대들이 물어 오는 작은 짐승들로 긴 시간을 겨우 버텼다. 차가운 계절이 지나가고 있었다.

늑대의 땅에 어둠이 깔리자 카나가 굴 밖으로 새끼를 물고 나왔다. 얼마 전 새끼를 낳은 다른 암컷 늑대의 굴에 새끼를 밀어 넣었다. 오래전부터 이날을 생각해 왔다. 새끼와 늑대 무리를 위해 카나가 해야 할 일이었다. 카나는 떠나야 했다.

어둠에 몸을 숨기고 바람이 부는 곳으로 달렸다. 자신의 냄새가 땅에도 하늘에도 새겨지지 않기를. 카나의 붉은 젖이 아파 왔다.

"거기 누구지?"

달이 물었다.

넓게 벌어진 가슴과 길게 뻗은 다리, 콧등부터 등까지 휘감은 회색 털, 으스스하게 달을 올려 보는 반짝이는 회갈색 눈동자. 회색 늑대였다.

갈비뼈가 선명히 드러난 몸통 아래로 둥그렇게 불어 있는 젖이 보였다. 늑대는 달 너머 덜덜 떨고 있는 아이를 뚫어지게 바라봤다.

"어미는 죽었나?"

"가던 길을 가. 그 길에 사슴이 있어."

달이 몸을 기울여 늑대를 막아섰다.

"그 아이를 해칠 생각이었으면 벌써 목을 물었어. 너에게 물을 필요도 없이."

달이 아이를 지킨다고 생각했는지 늑대가 설명을 덧붙였다.

늑대는 달을 지나쳐 아이에게 다가갔다. 그러곤 누워 있는 아이의 목덜미를 물었다. 달의 눈이 커졌다. 늑대는 바닥에 몸을 동그랗게 말고 아이를 품 안으로 넣었다. 아이를 더 깊이 안을 수 있도록 뒷다리로 아이의 엉덩이를 밀었다.

따뜻한 늑대의 품으로 기어 들어간 아이의 볼이 발그레해졌다.

"카나. 난 카나."

카나는 고개를 옆으로 떨궜다.

뒷다리에 난 찢긴 상처가 보였다. 인간 아이에게 가슴을 풀어놓는 늑대와 기어이 살아 내겠다며 짐승의 품을 파고드는 인간 아이. 달은 이 경이로운 광경을 하늘에서도 땅에서도 본 적이 없었다.

달은 땅에서 솟아난 돌덩이처럼 붙박여 선 채 그 모습에 빠져들었다.

달의 몸이 잠시 빛났다.

그들의 첫 번째 밤이 지나가고
있었다.

아침 이슬이 카나의 털에 하얗게 내려앉았다.

달은 카나와 아이를 밤새 바라봤다. 흡사 연구자의 모습이었다. 달은 이 순간을 한순간도 놓치고 싶지 않았다. 자신의 움직임 때문에 그들의 움직임이 깨질까 긴장되었다.

짐승과 인간이 언제까지 이 관계를 지속할 수 있는지 지켜보고 싶었다. 그 끝을 보고 싶었다. 꼭 보아야만 했다. 달은 처음으로 존재의 이유 같은 것이 생겼다.

"먹을 것 좀 구해 와."

"내가? 어떻게?"

"사냥을 하든, 주워 오든."

달은 하늘에서 달님이었던 자신에게 명령을 하는 늑대가 불쾌했다. 누군가 달에게 명령을 한다는 건 있을 수 없는 일이었다. 하지만 달이 원하는 것을 지켜보려면 이들을 살아 있게 해야 했다. 지금 당장 카나의 먹거리를 구할 수 있는 존재가 달밖에 없는 것도 사실이었다. 달은 무작정 숲으로 나섰다.

달 앞으로 산토끼가 뛰어갔다. 이리저리 방향을 빠르게 바꾸다 땅에 난 구멍으로 쑥 사라졌다. 뒤따라 달리던 달이 멈추지 못하고 나무를 들이받았다. 다른 쪽 구멍에서 튀어나온 산토끼가 뒤집어진 달을 비웃기라도 하듯 머리를 밟고 지나갔다. 온몸에 진흙과 고라니 똥이 잔뜩 묻은 달에게서 고약한 냄새가 났다. 파리와 날벌레가 꼬였다.

그다음엔 너구리를 잡겠다고 비탈길을 따라 허우적거리며

굴렀다. 그러다 깊은 구덩이 아래로 굴러떨어졌다. 거꾸로 뒤집어진 채로 나무뿌리와 덤불들 사이에 끼어 버렸다. 몸을 칭칭 감은 덤불들을 떼어 내려 팔을 휘저을수록 가시들이 더 단단히 엉켰다. 날이 저물어 가고 있었다. 애초에 늑대의 먹잇감을 달이 사냥한다는 것 자체가 말이 안 되었다.

달은 처음으로 자신의 쓸모없음을 확인했다. 빛은 서서히 자취를 감췄고 어둠이 내려앉았다. 달은 그렇게 구덩이 안에 홀로 파묻혔다. 어두운 하늘에 매달려 있는 것이나 시커먼 구덩이에 파묻혀 있는 것이나 다를 바가 없었다. 다른 것이라면 땅에서는 아무도 자신을 우러러보지 않는다는 것이다.

첩첩 ─

스르르륵 ─

달이 감았던 눈을 떴다.

지네와 땅벌레, 지렁이, 그리고 온갖 유충들이 달을 타고 기어올랐다.

하늘에서 빛을 뿜으며 인간들의 두려움과 존경을 동시에 샀던 달은 온갖 미물들이 올라타는 돌덩이 신세가 되었다.

좌절. 단 한 순간도 생각해 본 적도 느껴 본 적도 없는 마음의 감각이었다.

달은 자신이 얼마나 쓸모없는지 마주하고 싶지 않았다. 겨우 하루 차이였다. 하늘에 떠 있기만 해도 인간들이 무릎 꿇었던 시간이.

달은 하늘이 그리웠다. 생각이 꼬리에 꼬리를 물었다.

작은 뱀이 달의 코 옆으로 지나갔다. 달은 짜증 섞인 손으로 뱀을 낚아챘다. 머리를 붙잡힌 뱀은 입을 벌려 이빨을 세우고 쉭쉭 소리를 냈다. 우연이지만 달이 해낸 첫 사냥이었다. 그것도 자신의 단단한 손으로.

달의 손에서 생명의 촉감이 느껴졌다. 재빨리 다른 한쪽 손을 휘둘러 몸에 다닥다닥 붙어 있는 작은 벌레들과 파충류들을 떼어 냈다. 통통한 귀뚜라미를 목으로 넘기고 있던 개구리가 손에 잡혔다. 달은 자신의 양손에 잡혀 펄떡거리는 생명들을 보며 그 전과는 완전히 다른 힘에 휩싸였다.

우드드드득 —

달이 양팔을 벌려 덤불을 힘껏 밀었다. 달을 꽉 동여매고 있던 덤불이 조금씩 찢겨 나갔다. 몸을 좌우로 비틀고 비벼 대 틈을 벌렸다. 벽으로 튀어나온 나무뿌리를 잡고 엉금거리며 기어 나왔다. 커다란 씨앗이 땅에서 터져 나오는 것 같았다. 밝아 오는 햇빛에 달이 환하게 빛났다.

달은 파충류와 곤충이 더 있을 법한 축축한 이끼 틈으로 들어가 돌처럼 꼼짝 않고 그들을 기다렸다. 그다음부터 달의 사냥은 시시했다. 사냥감들이 알아서 달의 몸으로 기어와 붙었고 달은 낚아채기만 하면 되었다.

달은 기다란 나뭇가지에 귀뚜라미, 메뚜기, 두꺼비, 개구리 등을 꽂았다. 달이 누군가를 위해 준비한 첫 만찬이면서 스스로 해낸 성공이었다.

달은 손에 든 꼬치들을 깃발처럼 휘저으며 카나에게 돌아 갔다. 해가 사라진 숲길엔 커다란 그림자들만 남았다.

신나게 구르던 달이 멈춰 섰다. 길 끝에 커다란 짐승 한 마리가 가만히 서서 달을 노려보며 비킬 생각을 하지 않고 있었다. 카나인가 싶어 하마터면 앞으로 다가갈 뻔했다. 멧돼지 무리의 정찰대였다. 하늘을 향해 솟아오른 뿔 같은 누런 이빨 아래로 침이 줄줄 흘러내렸다. 어제오늘 달이 숲에 뿌린 아이의 냄새를 쫓아온 것이었다.

달은 멧돼지가 자신을 들이받아 산산조각 내는 상상을 했다. 두 손에 들고 있던 꼬치를 던져 버리고 반대편 길로 몸을 굴렸다. 영원히 사라지길 바랐던 달이 지금은 살고 싶어 달리고 있었다.

멧돼지가 달을 놓칠세라 뒷발을 튕기며 쫓아왔다. 달이 아무리 달려 봐야 멧돼지에게 붙잡히는 것은 시간문제였다. 쿵 쿵, 땅을 울려 대는 소리가 달의 뒤통수까지 따라붙었다. 달은 뒤를 볼 생각조차 못 하고 눈을 질끈 감았다.

"구에에엑!"

도망가던 달이 멧돼지의 뒤틀린 소리에 뒤를 돌아봤다. 멧돼지가 두 발로 서서 앞발을 휘젓고 있다. 카나가 멧돼지의 등에 올라타 목덜미를 물어뜯고 있는 것이 보였다. 카나는 발톱을 세워 멧돼지의 등가죽을 비틀어 쥐었다. 멧돼지는 한 번 더 비명을 지르며 머리를 뒤로 젖혔다. 카나는 재빠르게 땅으로 뛰어내렸다.

"아이에게 가."

카나가 다급하게 한마디를 남기고 다시 멧돼지에게 달려들었다. 두 짐승이 뒤엉켜 각자 다른 비명을 뿜어냈다. 달은 성난 파도같이 움직이는 맹수들의 근육에 매료되어 그 광경을 넋을 놓고 바라보고 있었다.

"어서!"

카나의 목소리가 달을 깨웠다. 달이 아이를 향해 굴렀다.

달이 서둘러 아이에게 돌아왔을 때 아이는 돌로 막아 둔 굴속에 있었다. 카나가 밀어 넣은 것이다. 달은 카나를 기다리며 그 앞에 서 있었다. 숲은 이상할 정도로 고요했다. 조금 뒤 나뭇가지가 부러지는 소리가 나는가 싶더니 수풀이 옆으로 쓰러졌다. 얼굴이 붉게 물든 카나였다.

　카나는 아이가 있는 굴 앞으로 성큼성큼 다가가 머리로 입구를 열었다. 아이의 다리를 물어 돌 틈 밖으로 꺼내 올렸다.

　카나의 옆구리에서 흘러내린 피가 다리를 적셨다. 꽤 깊은 상처였다. 달은 만난 지 얼마 되지도 않은 인간 아이를 지키려고 목숨을 거는 카나가 점점 더 궁금해졌다.

　"우리를 쫓아올 거야."

　카나의 눈이 가늘어졌다.

　그러지 않아도 뒷다리를 절뚝거리는 카나인데 상황이 더 나빠졌다. 카나는 아이의 보드라운 살을 피해 목덜미 쪽 옷을 단단히 물었다. 카나의 주둥이에 대롱거리며 거꾸로 매달려 있는 아이의 모습이 마치 새끼 늑대 같았다. 카나는 몇 번 코를 벌름거리더니 숲의 남쪽을 향해 다리를 끌었다.

달이 하늘에 있을 때 내려다보았던 남쪽 끝은 멧돼지도 들 짐승도 없지만 물도 그늘도 없는, 끝을 알 수 없는 사막이었다. 숲을 빠져나가는 카나를 달이 불러 세웠다.

"동쪽으로."

달이 아이와 카나를 번갈아 보며 말했다.

카나가 숨을 몰아쉬며 달을 바라봤다.

"하늘에서 보던 호수, 그 안에 큰 섬이 있어. 그곳이 안전해."

카나에겐 회복할 시간이, 아이에겐 성장할 시간이 필요했다. 그리고 달은 둘을 더 지켜봐야 했다. 그러려면 그곳으로 가야 했다.

달이 올빼미에게 들은 이야기를 카나에게 전했다.

"그들은 올 수 없어. 물이 우리를 지켜 줄 거야."

서둘러야 했다. 카나의 피 냄새와 아이의 살냄새는 멧돼지들에게 지도를 만들어 주는 것과 같았다. 멧돼지 무리와 마주치는 것이 얼마나 위험한 일인지는 카나가 제일 잘 알고 있었다.

카나는 다리를 절뚝이며 달렸다. 멀리 나무 틈 사이로 호수가 보였다. 호수 가운데, 반달 모양의 섬을 삼나무와 단풍나무, 은행나무가 가득 채우고 있었다.

연어 한 마리가 물 위로 튀어 오르며 물보라를 일으켰다. 카나는 당장이라도 물에 뛰어들어 연어를 한입에 넣고 싶었다. 달도 생명을 가득 품은 호수와 섬을 보자 마음이 놓였다.

그때 카나가 코를 하늘로 쳐들고 냄새를 맡았다.

"멧돼지들······."

카나는 말을 끝내기도 전에 호수를 향해 뛰었다. 달도 카나 뒤를 쫓았다. 카나는 아이를 물고 달리느라 숨도 제대로 쉬지 못했다. 멧돼지들의 발소리가 가까워지고 있었다. 호숫가에 다다라 카나와 달은 망설일 겨를도 없이 물로 뛰어들었다.

카나는 아이의 옷을 세게 물었다. 네 다리를 휘저으며 앞으로 나가 보지만 찢어진 옆구리가 헤엄을 방해했다. 게다가 놀란 아이가 버둥거리는 통에 코와 입으로 물이 쏟아져 들어왔다. 호수 밑의 소용돌이마저 카나의 발목을 잡았다.

앞발로 허우적거리며 몸을 띄우려 할수록 몸은 물 아래로 가라앉았다. 카나는 물고 있던 아이의 옷자락을 놓고 온 힘을 다해 아이를 밀어 물 위로 올렸다. 아이의 뒤통수가 흐릿하게 카나의 눈에 담겼다. 카나는 더 깊숙한 곳으로 빨려 들어갔다. 가슴이 터질 것처럼 아팠지만 곧 편안함이 찾아왔다. 떨리던 다리에 힘이 빠졌다.

그때였다. 뭔가가 카나를 받쳐 올렸다. 카나의 몸이 떠올랐다. 입에서 물이 쏟아져 나왔다. 물을 토해 낼 때마다 뱃가죽이 등까지 붙었다. 축 처진 카나가 가늘게 뜬 눈으로 주변을 둘러봤다. 아이가 다 젖은 채로 카나 앞에 앉아 있었다.

'섬인가?'

카나는 몸을 일으켜 주변을 둘러봤다. 아직 호수 위였다. 멀리 보이는 섬이 점점 가까이 다가오고 있었다. 카나는 자신이 앉은 곳을 내려다보았다. 달이었다.

누가 알았을까, 달이 물에 뜰 수 있다는 걸. 가장 놀란 건 달 자신이었다. 달은 아이와 카나를 싣고 호수 섬으로 헤엄쳤다.

검은 호수에 달이 떴다.

달은 모든 것이 풍요로운 섬이 마음에 들었다. 토양은 동서남북이 달랐고 이상하리만치 다양한 식물과 동물이 함께 살아가고 있었다. 달은 하루 종일 섬의 끝에서 끝까지 돌아다니느라 깊은 밤이나 새벽이 되어서야 카나와 아이가 있는 동굴로 돌아왔다. 섬에 도착한 뒤 카나는 자신의 상처는 내버려두고 온종일 아이를 돌봤다.

"먹어."

달이 카나 앞에 먹이 꼬치를 내려놨다. 큰 파충류들이 꼬치에 끼워져 있었다.

"너의 용기로."

카나가 늑대의 인사를 전했다. 늑대들은 배려에 큰 용기가 필요하다고 생각했기에 이 인사는 '너의 배려를 잊지 않겠다.'라는 의미로 쓰였다. 달로서는 배려라기보다 관찰자로서 늑대와 아이를 계속 지켜보려는 행동에 가까웠다.

달이 잡아 온 것들이 크든 작든 카나는 항상 늑대의 감사 인사를 전했다.

아이는 아주 빠르게 기어다녔다. 잠시라도 한눈을 팔면 돌이나 모래를 삼키거나 날카로운 것들을 입으로 가져다 대는 통에 카나는 한시도 눈을 뗄 수가 없었다. 카나는 조금 야위었고 반짝이던 회색 털이 푸석해졌다. 털갈이 시기가 아닌데도 어느 부분은 맨살이 보일 정도로 털이 빠졌다. 자신의 몸도 돌봐야 아이를 더 키울 수 있을 텐데, 종일 아이만 보고 있는 카나가 달은 이해되지 않았다.

"뭘 그렇게까지 하지? 네 새끼도 아니면서."

카나가 머리를 들어 달을 무섭게 쏘아봤다. 그렇게 차가운 눈빛은 처음이었다. 달은 다시는 카나를 말리지 않았다.

걸을 수 있을 정도로 회복이 되고부터는 카나가 직접 사냥을 했다. 아이는 카나의 보살핌 덕분인지 살이 오르고 혼자 일어나거나 걸어 보려고 했다. 좋은 단백질은 아니었지만 달이 가져다준 먹이들 덕분에 카나의 상처도 아물어 가고 있었다.

앙상하게 드러나던 카나의 갈비뼈에 살과 근육이 붙고 듬성듬성 빠져 있던 털도 조금씩 자라났다. 카나의 회색빛 털에 윤기가 돌았다. 그래도 달은 흐린 하늘에 뭉쳐 있는 회색 구름을 볼 때마다 거칠게 엉켜 있는 카나의 털이 떠올랐다.

섬에서의 계절은 바람처럼 빠르게 지나갔다.

아이는 혼자 바위 사이를 넘어 다닐 정도가 되었다. 카나는 아이에게 큰 곤충들을 사냥하는 방법을 가르쳤다. 아이는 카나처럼 네 발로 걸으며 카나의 사냥법을 흉내 냈다. 하지만 아무것도 잡지는 못했다.

인간 아이에게 맨몸 사냥은 결코 쉬운 일이 아니었지만 카나는 봐주는 법이 없었다. 며칠 전엔 풍뎅이를 잡겠다고 아이가 카나의 머리 높이 정도 되는 바위로 올라갔다. 한참을 깽깽거렸지만 카나는 보고만 있었다. 결국 아이는 혼자 내려오다 발을 헛디뎌 굴러떨어지고 말았다.

카나는 어떤 경우에는 아이가 아무리 떼를 쓰거나 애원을 해도 절대로 돕지 않았다. 카나의 그런 태도 때문에 사냥 연습이 끝나면 아이의 몸에는 항상 새로운 상처들이 생겼다.

며칠째 작은 벌레 한 마리를 잡지 못해 아이는 약이 바짝 올랐다. 오늘도 카나와 아이는 아침부터 사냥 훈련을 했다. 쫓고 있던 귀뚜라미가 바위틈으로 들어가 버리자 아이는 구멍을 노려보며 이빨을 딱딱 부딪쳤다. 이빨을 부딪치는 것은 늑대의 습성이었는데 상대에게 불쾌감을 드러낼 때 하는 행동이었다.

보고 있던 달이 바위틈에 막대기를 넣어 귀뚜라미를 찔러 아이 앞에 떨어뜨려 주었다. 아이가 뒤로 물러났다. 카나가 콧잔등을 일그러트리며 달을 쏘아봤다.

아이는 달이 떨어뜨린 귀뚜라미에서 멀찌감치 떨어져 다른 돌 밑을 뒤지며 다시 자신만의 사냥을 시작했다. 내내 빈손인 것 같았지만 아이는 분명히 뭔가를 얻고 있었다.

카나는 오늘 밤도 높은 바위 위에 올라 목을 쭉 빼고 우는 소리를 냈다. 늑대들끼리 서로 위치를 확인하기 위해 내는 울음소리로 인간들은 이 소리를 '하울링'이라고 했다.

　한 늑대가 하울링을 하면 '너의 소리를 들었다.'라는 대답의 의미로 다른 늑대가 하울링을 했다. 보통 한 마리가 하울링을 시작하면 산의 여기저기에서 늑대들의 소리가 끊이지 않았다. '우리가 함께한다.'라는 의미였다.

　그러나 호수에서 카나의 하울링은 늘 빈 하늘로 사라졌다. 섬에 늑대는 카나 하나뿐이었다. 대꾸해 주는 늑대도 없는데 누구에게 닿기를 바라는 것일까.

　"혹시나 해서 하는 말인데, 하늘엔 아무것도 없어."

　뿌리 열매를 다듬던 달이 카나에게 말했다.

　달의 말에 아랑곳없이 카나는 다시 하울링을 이어 갔다. 이번엔 더 크고 길었다.

　달은 인간과 다를 바 없는 카나가 한심했다.

달은 연구실을 만들었다. 카나와 함께 지내는 동굴과 조금 떨어진, 외진 곳의 작은 굴이었다.

달은 섬에서 살고 있는 생물들과 광물을 채집해 세심하게 분류했다. 매일매일 쉬지 않고 하는 일이었지만 끝날 기미가 보이지 않았다. 달은 땅의 아름다움을 발견하는 즐거움에 매일 벅찼다. 땅의 세계는 곳곳이 완전히 다른 것 같으면서도 같았고, 완벽한 독립성을 유지하는 것 같으면서도 서로에게 치밀하게 엮여 있었다. 어떤 식물은 멀리 떨어져 있는 식물과 대화를 하기도 했다. 물론 인간이나 동물의 귀로 들을 수 있는 방식은 아니었지만 달은 그 대화를 알아들었다.

오늘은 굴에서 조금 먼 곳까지 나왔다. 말벌을 채집하기 위해서였다. 하루 종일 말벌의 습성을 관찰했다. 말벌과 꿀벌의 언어를 알아내고 싶어 이틀을 말벌집 근처에 머물렀다. 대략의 언어를 수집하고 말벌들을 벌집에서 몰아냈다. 갑작스러운 침입에 놀란 말벌들이 수백 대를 쏘아 댔지만 달에겐 의미 없는 공격이었다. 뜯어낸 벌집과 말벌 몇 마리를 물에 오래 담았다. 질식사한 벌과 벌이 떠난 벌집을 들고 연구실로 향했다.

연구실로 돌아온 달은 다리가 있었으면 주저앉았을 것이다. 누군가 굴을 들어 공중에서 흔든 뒤 바닥에 내동댕이친 것 같은 모양새가 되어 있었다. 실제로는 그렇게 심각한 정도가 아니었지만 달의 눈에는 그렇게 보였다. 달이 가장 소중하게 생각했던 늙지 않는 쥐 표본도 바닥에 쓰러져 있었다. 심지어 표본 두 개 중 하나는 사라져 있었다. 달은 늙지 않는 쥐의 비밀이 자신과 관련 있다고 생각해 왔다.

이런 일을 누가 벌였는지 찾을 필요도 없었다. 굴 구석에서 아이가 늙지 않는 쥐 표본 하나를 쥐고 굴을 둘러보고 있었다. 이내 여러 표본들의 냄새를 맡고 바닥에 던지듯 내려놓기도 했다. 달은 아이에게 굴러가 앞을 가로막았다. 달의 온화한 얼굴은 온데간데없었다. 가늘게 뜬 눈은 위로 찢어졌고 미소 짓던 입꼬리가 아래로 흘러내렸다.

"감히!"

달이 소리 질렀다. 처음이었다. 달이 누군가에게 소리를 지른 것은. 하지만 아이에게 달의 목소리는 웅얼거리는 소리로 들릴 뿐이었다. 아이는 반가운 마음에 달의 손을 잡았다. 달이 아이의 손을 쳐 냈다. 아이가 달에게 다가갔지만 아이의 어깨를 밀쳤다.

아이는 그제야 뭔가 이상하다는 것을 알아챘다. 아이가 달 옆으로 난 틈으로 빠져나가려고 했지만 달이 그 틈을 막아섰다. 아이를 구석으로 몰아세웠다.

아이가 낑낑거리며 손에 들고 있던 늙지 않는 쥐 표본을 내려놨다. 얼마나 세게 쥐고 있었는지 머리와 몸이 거의 분리되어 덜렁거리고 있었다.

달의 눈꼬리가 더 높이 올라갔다. 아이는 자신이 완전히 항복했다는 걸 어떻게든 설명하고 싶어 몸의 모든 부분을 사용했다. 눈을 내리깔고 몸을 낮추고 머리를 숙였다.

달은 흙이 묻은 쥐 표본을 집어 올렸다. 원래대로 되돌릴 수 없겠다는 생각에 입꼬리가 더 내려갔다.

아이는 달이 늙지 않는 쥐에 정신이 팔린 틈을 타 쏜살같이 굴 밖으로 달아났다.

달은 표본들을 하나씩 주워 대바구니에 올렸다. 망가진 표본들을 볼수록 분노는 더 커졌다. 바구니를 던져 버렸다. 굴 안에 노을빛이 희미하게 비쳐 들었다.

얼마 뒤 달은 다시 정리를 시작했다. 눈에 잘 보이지도 않는 씨앗들을 모아 모래를 털어 내 한 알씩 골라냈다. 꼬박 일주일이 걸렸다. 굴에서 나온 달은 지쳐 있기도 했지만 채집을 다시 시작할 생각에 조금 들떠 있기도 했다.

밖으로 나온 달의 아래 뭔가가 밟혔다. 나무 꼬치들과 들쥐들이 수북이 쌓여 있었다. 꼬치에는 귀뚜라미 몇 마리가 엉성하게 꽂혀 있었다. 몇 개는 오래돼 개미가 잔뜩 꼬였고 몇 개는 최근 것이라 싱싱했다. 달은 누가 보낸 선물인지 알 수 있었다. 꼬치들은 어두운 굴속에서 차갑게 식어 버린 달의 온도를 바꿨다. 달은 꼬치 하나를 들고 굴 안으로 들어갔다. 삐죽거리는 꼬치와 들쥐를 조금 정돈한 뒤, 콩대를 반듯하게 묶어 말려 둔 깍짓동 표본 옆에 걸어 두었다.

달은 오늘 같은 습도에서만 포자를 뿌리는 이끼 채집에 나설 참이었다. 달은 지름길로 들어서려다 말고 걸음을 멈췄다. 카나와 아이를 마주쳐야 하는, 조금 돌아가는 길로 몸을 굴렸다.

그 사건 이후로 아이는 달의 연구실에 자주 오갔다. 하지만 달이 허락할 경우에만 굴 안으로 들어갔다. 이상하게 생긴 동물들과 곤충들이 가득 매달려 있는 공간을 아이가 좋아하지 않을 리 없었다. 가끔 정리에 실패한 것들은 아이에게 내어 줬다. 달은 작은 말린 동물들을 아이의 허리에 묶어 주었다. 그렇다고 아이가 달의 공간에 오래 머문 것은 아니었다. 아이는 잠시 머무르다 카나에게 돌아갔다. 그러면 달은 기분 좋게 자신의 일에 집중했다. 모든 것이 순조로운 일상이었다. 달은 점점 이런 일상이 달이 지구를 돌듯이 자연스럽게 느껴졌다.

　달은 하늘을 자주 올려다봤다. 자신이 없는 하늘을 확인하는 무의식적인 행동이기도 했지만 별자리나 별의 움직임을 통해 땅의 이치를 알아내고 있었다. 물론 밤하늘이 아름답기 때문이기도 했다.

　그날도 달이 하늘을 올려다보고 있었다. 별들이 자리를 옮기고 있었다. 계절이 바뀔 것이었다. 아이가 달의 옆에 바짝

다가와 앉았다. 달은 아이가 옆에 있다는 걸 한참이나 지나서 알았다.

하늘을 올려다보던 달이 시선을 아래로 내렸을 때 별이 가득 담긴 아이의 눈이 보였다. 아이는 무엇을 보는 것일까. 자기 옆에 앉아 있는 달이 저 하늘에 있었던 걸 아이는 모를 테지. 달이 바닥에 돌멩이를 줄지어 놓았다. 큰곰자리를 본뜬 모양이었다. 아이에게 돌 그림을 보여 주고 하늘을 가리켰다. 아이가 땅과 하늘을 번갈아 보더니 끾끾거렸다.

그다음엔 독수리자리, 그다음엔 여우자리, 그다음엔 돌고래자리, 그다음 백조자리, 전갈자리……. 어느새 바닥은 돌멩이들로 발 디딜 틈 없이 꽉 찼다. 처음엔 꺅꺅거리던 아이가 어느새 돌멩이를 보지 않았다. 진짜 하늘을 올려다봤다. 달도 하늘을 올려다봤다. 별이 빛났다.

카나는 규칙에 엄격했다. 특히 물에 대해서 엄하게 굴었다. 늑대는 여러 겹의 털을 통해 습기나 기온 변화로부터 몸을 보호했다. 하지만 털이 없는 인간은 추위나 물에 약할 수밖에 없었다. 그런 카나의 걱정에도 불구하고 아이는 흙탕물 놀이를 가장 좋아했다. 한번은 아이가 흙탕물에서 나오지 않겠다고 버티다 카나의 얼굴을 발로 찼다. 카나는 콧등을 찌그러트리며 낮게 그르렁 소리를 냈다. 진지한 경고였다.

카나의 규칙은 간단했다. '물놀이는 늦봄부터 늦여름까지.' 그리고 '맑은 날에만, 해가 뜨는 시간에 시작해 오후가 되기 전까지.' 그래야 머리털 구석구석 따뜻한 햇볕에서 말릴 수 있기 때문이었다. 물이 마르면 카나는 아이의 이마에 코를 대어 열을 확인했다.

아이는 카나의 규칙이 어쨌건 비가 오나 해가 뜨나 진흙에서 아침부터 밤까지 구르고 싶어 했다. 개구리와 미꾸라지가 가득한 미끄덩한 곳에서 하루 종일 놀고 싶어 했다.

웬일로 카나가 낮부터 동굴로 들어가 나오지 않았다. 해가 져 어둠이 깔리는데도 굴 안은 조용했다.

이 기회를 아이가 놓칠 리 없었다. 흙탕물 웅덩이로 달려 갔다.

한밤중 반딧불 표본을 잡으러 나왔던 달이 어딘가로 달려 나가는 아이를 보고 조용히 뒤를 따라갔다. 아이는 흙탕물로 그대로 뛰어들어 팔다리를 펼쳤다가 오므렸다가 했다.

"제멋대로군."

달은 주변에 뱀이라도 있을까 싶어 막대기를 들어 수풀을 뒤적이다 자신의 행동이 스스로도 낯설었는지 막대기를 내 려놨다. 달은 카나가 아이에게 필요 이상으로 까다롭게 군다 고 생각했다. 달에게 이 정도 날씨는 충분히 따뜻했다.

꼼짝 않고 오후 내내 잠만 자던 카나가 아이의 웃음소리와 찰박거리는 물소리에 한걸음에 진흙탕으로 달려왔다.

"캬하하하악."

카나가 머리부터 발끝까지 새까맣게 젖은 아이를 보고 콧 등을 일그러트리며 등 털을 세웠다.

웅덩이에서 하얀 눈동자만 내놓은 아이가 눈동자를 이리

저리 굴렸다. 카나는 진흙탕으로 뛰어 들어가 아이의 팔뚝을 물어 웅덩이 밖으로 내팽개쳤다. 아이가 깨갱 소리를 연거푸 내며 몸을 움츠렸다. 마치 검은 두꺼비 같았다. 아이는 동굴로 뛰어갔다.

"너무하는 거 아니야."

달이 말했다. 카나는 뒤따라오던 달을 향해 이빨을 딱딱 부딪쳤다. 달이 미간을 찌푸렸다.

카나는 동굴 안쪽에서 달달 떨고 있는 아이를 구석에 몰아넣고 그르릉거렸다. 아이는 고개를 숙이고 카나에게 다가갔지만 카나가 몸을 돌려 아이를 쳐 냈다. 엉덩방아를 찧은 아이는 더 큰 소리로 낑낑거렸다. 카나는 멀찌감치 앉아서 아이를 바라봤다.

한동안 깽깽거리며 울던 아이는 얼마 지나지 않아 잠이 들었다. 카나가 아이를 끌어안았다. 카나는 잠든 아이의 몸에 묻은 진흙을 핥아서 닦아 냈다. 반은 뱉어 내기도 전에 목으로 넘어가 카나의 얼굴이 일그러졌다. 진흙이 닦인 팔에 카나가 만든 빨간 이빨 자국이 드러났다.

"낑."

아이가 뒤척이며 기침을 했다. 카나도 달도 그 소리에 몸을 번쩍 세웠다. 카나가 코로 아이의 이마를 꾹 눌렀다. 평소보다 뜨거웠다. 카나가 주둥이로 아이를 흔들어 깨웠지만 아이는 눈을 잠깐 떴다가 다시 잠들 뿐이었다. 카나가 달을 바라봤다. 달이 뭔가를 알고 있기를 바라는 눈빛이었다.

그러나 인간을 살릴 수 있는 약은 이 섬에 없다. 이름 모를 약초라도 먹였다가 다시는 돌이킬 수 없는 일이 생기면 그것이 더 큰 재앙이었다.

달은 섬 너머 호수 건너편을 바라봤다. 혹시 저기라면 방법이 있을까 싶어서였다. 하지만 섬을 나갔다가 멧돼지들이라도 마주친다면……. 달은 그제야 이 섬에서 아이가 아프다는 것이 무엇을 의미하는지 분명히 알게 되었다.

동굴 안에 긴장감이 맴돌았다. 카나가 아이를 핥았다. 힘없이 이리저리 고꾸라지는 아이를 계속 깨우며 핥고 또 핥았다. 카나의 침이 열을 가져간 덕분일까, 다행히 새벽이 가까워지면서 아이의 열이 내렸다. 무겁게 쌓였던 어둠을 아침해가 밀어냈다.

달과 아이는 카나의 규칙을 다시는 어기지 않았다.

몇 계절이 지났다. 은행과 단풍이 옷을 갈아입기 시작했다.

아이는 꽤 많은 걸 혼자 해내려고 했고 결국 혼자 해냈다. 딱 하나만 빼고. 호수 수영이었다. 아이는 호수만 보이면 그 자리에 앉아 꼼짝을 안 했다. 호수를 건너올 때 카나와 죽을 뻔했던 기억이 아이에게 떨치지 못할 두려움을 만드는 듯했다.

섬 안쪽 웅덩이나 시냇물에서는 잘도 놀면서 호수 근처만 오면 몸이 굳었다. 아이는 호수에서 연어 사냥을 하는 카나를 구경하는 것을 무척 좋아했지만 그것뿐이었다.

한번은 바위에 앉아 연어 사냥을 구경하는 아이를 달이 뒤에서 민 적이 있었다. 놀란 아이가 달의 손을 물어 버렸다. 그걸 본 카나도 달에게 달려들려고 했다.

언젠가 강을 건너야 할 수도 있는 아이가 호수 가장자리도 밟지 못한다는 건 말이 안 되었다. 달은 호수만 보면 달아나는 아이를 억지로 물에 끌고 가고 싶었지만, 자신을 무섭게 쏘아보던 카나의 눈빛이 떠올라 그러지 못했다. 모든 것에 엄격한 카나가 이 일만은 태평한 것이 영 맘에 들지 않았다.

오늘도 카나는 연어 사냥만 할 생각인 것 같았다. 아이는 엉덩이를 흔들며 카나가 연어를 물고 올라오길 기다렸다.

"어쩌려고 그래?"

보다 못한 달이 물속의 카나에게 물었다.

"더 나은 걸 하려고 그러지."

잠시 뒤 카나는 연어를 입에 물고 물 밖으로 헤엄쳐 왔다.

카나가 아이의 발아래 펄떡이는 연어를 뱉었다. 아이는 바닥에서 팅겨져 오르는 연어를 보며 뱅글뱅글 돌았다.

'언제부터 저렇게 가까이 서 있었지?'

그러고 보니 아이가 호수에 거의 닿을 만큼 가까이 서 있었다. 카나는 아이를 한 번 핥아 주고 다시 물속으로 미끄러지듯 들어갔다.

카나가 연어를 사냥해 물보라를 왕관처럼 쓰고 튀어나왔다. 달과 아이가 매일 보고 싶어 하는 광경이었다. 이번엔 연어를 땅에 뱉지 않았다. 물 밖으로 나온 카나는 아이를 등에 태웠다. 그러곤 아이와 함께 흙탕물 수영장으로 갔다.

카나는 아이와 진흙탕 속으로 미끄러져 들어갔다. '쑤욱' 들어갔다 '철퍽' 하고 튀어나왔다. 아이도 연어도 새까매졌다. 카나는 벌러덩 눕더니 등을 비볐다. 아이가 꺅꺅거리며 카나를 따라 했다. 아이와 뒤엉켜 있던 카나가 달에게 말했다.

"달, 들어와."

달은 놀이가 무엇인지 몰랐다. 아이가 달과 술래잡기를 하려고 할 때마다 달은 아이를 피해 다녔다. 카나는 달이 놀이의 개념을 이해하지 못하는 걸 알았기 때문에 놀이를 권하지 않았다. 하지만 이번에는 흙탕물 놀이에 달을 초대했다.

달이 진흙탕 안으로 몸을 굴렸다. 그러자 미끄덩한 진흙이 파도처럼 밀려가 아이와 카나를 덮었다. 둘의 몸 위로 새까만 진흙이 흘러내렸다. 카나가 뒷발로 달의 얼굴에 진흙을 뿌렸다. 흙덩이들이 달을 덮었다. 얼룩 달이 되었다.

아이가 큰 소리로 웃었다. 흙을 뒤집어쓴 아이의 이가 더욱 뽀얗게 보였다. 아이는 달 위로 기어 올라갔다가 배를 깔고 미끄러져 콧물처럼 흘러내렸다. 아이가 다칠까 달이 두 손으로 감싸안아도 아이는 미꾸라지처럼 빠져나갔다. 카나는 진흙에 얼굴을 묻고 앞발로 흙을 파냈다. 아이도 카나를 도왔다. 멀뚱히 지켜만 보던 달도 거들었다. 쓸모도 없는 커다란 웅덩이가 생겼다. 카나도 달도 아이도 흙탕물에서 나갈 생각을 하지 않았다.

해가 어느새 머리 위로 옮겨졌다. 아이는 카나의 등에 올라타 몸을 늘어트리고 하품을 했다. 카나가 천천히 몸을 일으켜 진흙탕을 빠져나와 다시 호수로 갔다.

아이를 내려 주고 카나만 호수로 들어가 수영을 했다. 몸의 흙이 씻겨 내려갔다. 달도 카나를 쫓아 들어가 몸을 데굴데굴 굴렸다. 무거운 달이 만든 파도가 겹겹이 쌓여 카나를 밀어냈다. 카나가 버둥거리며 아이가 서 있는 곳까지 휩쓸려 갔다. 아이는 파도가 자기 무릎을 치는 줄도 모르고 카나를 보며 끽끽거리며 웃고 있다.

카나가 몸을 낮춰 아이가 올라탈 수 있게 했다. 잠시 멈칫했지만 아이는 카나 귀를 꼭 잡고 목덜미에 다리를 끼웠다.

카나는 높이가 무릎까지 오는 물에서 한참을 걸었다. 카나를 꼭 잡은 아이의 다리 힘이 느슨해졌다. 조금 깊은 곳으로 들어가자 아이가 다리 힘을 다시 조였지만 발버둥을 치거나 소리를 지르지는 않았다. 아이의 몸에 붙은 흙이 물에 씻겨 내려갔다.

아이는 바닥까지 보이는 투명한 물속을 한참 바라봤다. 아이의 몸집만 한 물고기들이 강바닥을 휩쓸고 지나갔다. 안 그래도 큰 눈동자가 더 커졌다. 아이는 숨을 크게 들이쉬고 다시 머리 전체를 밀어 넣었다. 민물 거북이가 아이와 눈이 마주치자 머리를 쏙 말아 넣고 도망가 버렸다. 아이는 거북이를 보러 물속에 어깨까지 쑥 집어넣었다.

"이제 얼마 남지 않았어."

카나를 앞지르며 헤엄치던 달이 돌아보며 말했다. 조금만 더 가면 호수에서 제일 깊은 물이었다. 가장 깊고 어두운 곳. 하지만 달의 바람과는 달리 카나는 몸을 틀어 섬 쪽으로 헤엄쳤다. 달은 어리둥절해 가만히 그 뒷모습을 바라봤다. 카나는 물이 아이의 허벅지 높이까지 닿는 곳에 아이를 내려놓았다. 떨어지지 않으려고 카나의 목덜미 털을 움켜잡아 보지만 단호한 카나가 아이를 털어 냈다.

카나는 세 걸음을 걷고 멈춰서 아이를 바라봤다. 아이도 두어 걸음을 떼어 보지만 작은 물결에 놀라 그대로 멈춰 버렸다.

아이는 끙끙거리다 크르릉거리다 컹컹거렸다. 카나는 바

라보기만 할 뿐 다가가지도 멀어지지도 않았다. 아이가 발을 뗐다. 한 걸음. 카나도 한 걸음. 빠르지도 느리지도 않게 딱 그만큼만 걸었다. 아이는 그렇게 한 걸음씩 나아가 땅을 밟았다.

아이가 크게 몸을 털었다.

"아우우."

자신의 용기에 대한 기쁨의 소리였다.

카나가 아이의 볼을 세게 핥았다.

달은 잠깐 카나가 옆에 있는 아이가 부러웠다.

달은 잠을 자지 않았는데도 늘 시간이 부족했다. 섬의 모든 곳을 돌아다니며 동식물들과 흙과 돌들을 모으고 종류별로 분류했다. 특히 식물들은 더 세심하게 다뤘다. 어떤 환경에서 자라며 어떤 식으로 종을 퍼뜨리는지 관찰했다. 어떤 식물들은 연구실 굴 근처로 옮겨 심어 기르기도 했고 어떤 것들은 햇빛에 잘 말려 연구실 안쪽에 보관했다. 풀잎이나 줄기에서 즙을 내 몸에 발라 보기도 했다. 하지만 말벌조차 뚫지 못하는 단단한 달의 표면은 좋은 실험 재료가 아니었다. 채집한 것들을 먹으면 어떻게 되는지 늘 궁금했지만 작은 이파리조차 입에 대지 않았다. 음식을 삼켜 본 적 없는 달에게는 너무도 두려운 일이었다.

카나가 달의 연구실까지 찾아왔다. 천천히 연구실을 돌며 채집품들의 냄새를 맡았다. 카나가 연구실 안까지 들어온 건 처음이었다.

"고기만으로는 부족해."

달은 카나의 말이 무엇을 의미하는지 알고 있었다. 지금까지는 안전한 단백질이면 됐다. 그러나 단백질만으로 인간 아이를 키울 수는 없었다. 달은 마지막으로 미뤄 두었던 실험을 해야 했다.

달은 연구실로 들어가 채집한 식물 중 뿌리 식물들을 골라 바위 위에 올렸다. 천천히 심호흡을 하고 연한 줄기 하나를 입에 넣었다. 최대한 잘게 씹어 죽처럼 만들었다. 씹은 것들이 목구멍으로 밀려 들어갔다. 달은 먹을 수 있었다.

하지만 달에게 '먹는다'라는 행위는 땅의 생물들의 그것과는 달랐다. 씹은 것들이 용수철 모양의 관을 타고 내려가 몸 안을 여러 바퀴 돌고 나서 그대로 다시 목구멍을 타고 올라왔다.

이 과정에서 달은 메스꺼움을 느꼈는데 독성을 가진 식물을 먹을 때 메스꺼움은 배가 되었고 가시덤불이 살을 긁어내는 것 같은 통증까지 더해졌다. 다행인 건 음식이 몸 밖으로 나온 후에는 언제 그랬냐는 듯 멀쩡해졌다.

달은 통증이 생기는 것과 생기지 않는 것을 분류했다. 통증이 생기지 않는 것들을 모아 짐승이 다니는 길목에 두고 보름 정도 지켜봤다. 동물이 먹고 나서도 아무 이상이 없는 것이 확인되면 그것의 즙을 짜 아이의 몸에 발랐다. 그러고 나서도 괜찮으면 조금씩 아이에게 먹였다. 오랜 시간이 걸렸고 완벽한 방법도 아니었지만 이것 말고는 달리 좋은 수가 없었다.

다행히 달의 방법은 아이에게 통했다. 달은 아이의 먹거리를 연구할 땐 늘 자신만의 굴로 혼자 들어갔다. 고통에 몸부림치는 모습을 아무에게도 보여 주고 싶지 않아서였다. 달이 한참씩 사라졌다 나타나면 아이를 위한 음식이 동굴에 쌓였다. 음식들을 정리하는 달을 보며 카나가 말했다.

"도와줄까?"

달이 대답 없이 카나를 빤히 바라봤다. 머쓱해진 카나가 몸을 돌리며 말을 이었다.

"도움이 필요하면 말해."

가슴속에 뾰족하게 서 있던 뭔가가 톡, 하고 꺾였다. 달은 대답하지 않은 것이 아니라 적당한 말을 찾지 못한 것이었다.

달은 도움을 받는다는 걸 생각해 본 적이 없다. 인간들은 언제나 달을 향해 도와 달라고 부르짖을 뿐이었다. 누군가 자신을 돕겠다고 나서다니 생각해 본 적 없는 일이었다. 하루의 반은 이름 모를 식물들을 몸에 쑤셔 넣고 몸부림을 쳤다. 당연히 혼자 이겨 내야 할 시간이라고 생각했다. 돕겠다던 카나의 말이 귀에서 떠나지 않았다.

달이 비탈길 아래에 있는 자신의 연구실 굴을 바라봤다. 벌써 목에서 메스꺼움이 느껴지는 것 같아 쉽게 앞으로 나아가지 못하고 있었다. 한 번에 후다닥 내려가던 길을 천천히 굴렀다.

'큰 웅덩이 어디 갔지?'

달이 멈춰 서서 오던 길을 돌아봤다.

비가 내리고 난 뒤 잘못 빠지면 수십 번은 몸을 휘저어야 나올 수 있는 넓고 깊은 웅덩이였다. 그러고 보니 깊게 박혀 울툭불툭하게 튀어나와 있던 돌들도 길가로 치워져 있었다. 언제부터 이 비탈길을 매끄럽게 굴러다니게 된 걸까. 이 길을 달만 오간 게 아니었다. 달은 도움받고 있었다.

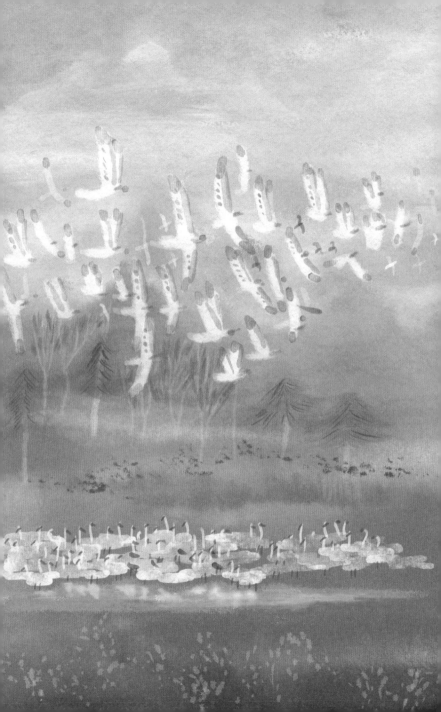

한참 안 보이던 멧돼지 무리가 호수 건너편에 나타났다.

차마 물로 뛰어들지는 못한 채 멧돼지 몇몇이 뒷발을 차 대며 꽥꽥거렸다. 바람이 불어오는 날이면 멧돼지들은 코를 하늘로 치켜올리고 콧구멍을 실룩거리며 큰 소리로 꽥꽥댔다. 달과 카나는 멧돼지가 나타나면 아이를 동굴 안에서 한 발짝도 나오지 못하게 했다. 혹시라도 멧돼지들이 코앞의 토실토실한 아이를 보고 물을 건널 용기를 가지게 될까 두려웠다.

멧돼지가 나타난 뒤 달은 밤새 호수를 지켰다. 카나는 그럴 필요 없다고 했지만 해가 뜰 때까지 섬 둘레를 돌았다. 밤의 어둠은 찰랑이는 호수를 너른 땅처럼 보이게 했다. 당장이라도 멧돼지들이 물을 밟고 섬으로 들이닥칠 것만 같았다.

달이 호수의 물을 조금 밟았다. 달이 물에 잠겼다.

달은 언젠가부터 하루에도 몇 번씩 섬 밖으로 나가 세상을 탐험하는 상상을 했다. 하지만 물을 건너지 못하는 멧돼지처럼 강가만 맴돌았다.

'왜 스스로 갇혀 있는 거지? 언제든 이 섬을 떠나도 되는

데.'

토실한 아이와 늙은 카나의 얼굴이 떠올랐다.

달은 잠이라는 것을 자고 싶었다. 잠시 생각을 멈출 수 있을 테니까.

아이는 카나를 훨씬 잘 따랐다. 젖을 먹이고 사냥을 가르치고 그 외의 모든 것을 함께하는 것이 카나였으니 당연했다. 게다가 카나에겐 달에게 없는 온기가 있었다. 카나는 달에게 어떤 것도 강요하지 않았다. 셋은 그들만의 방식으로 섬의 시간을 보냈다.

아이가 혼자 지낼 수 있게 된 다음부터 카나는 달에게 아이를 맡기고 사냥을 다녔다. 한번 사냥을 나가면 종일 돌아오지 않을 때도 있었다. 아이는 개미굴을 한없이 바라보거나 잡은 벌레를 풀어 주었다가 다시 잡기를 반복했다. 그것도 지겨워지면 나무에 올라가 카나가 오는지 지켜봤다. 달은 아이가 흙탕물로 뛰어들거나 아무것이나 먹지 못하게 하는 정도만 하면 되었다. 아이가 낮잠을 자면 달은 달의 일을 했다.

달은 아이가 먹어야 할 열매와 뿌리식물을 정리했다. 동굴 바닥에 동그랗게 말려 자고 있는 아이가 눈에 띄었다. 아마도 아이 엄마가 입혀 줬을, 처음엔 아이의 몸에 너무 컸던 옷이 이제 작고 헤져 있었다. 달은 그 옷을 한참을 들여다보다 동굴 밖으로 나갔다. 나무를 휘감은 덩굴들을 모아 잎을 떼고 질긴 껍질을 벗겨 냈다.

　동굴 구석에 쌓여 있는 카나의 털 뭉치를 모아 실처럼 하나씩 뽑은 다음 줄기와 함께 비볐다. 복슬복슬한 털실이 되었다. 나무 막대기 두 개를 가져와 실과 실을 엮어 나갔다. 마치 뜨개질 같았다. 한참을 하다 보니 매듭이 맞지 않아 뒤틀린 모양의 조각 천이 여럿 만들어졌다. 달은 손바닥만 한 조각 천들을 이어 붙여 더 큰 조각을 만들었다. 재봉새가 둥지를 짓는 것을 보고 따라 한 것치고는 아주 괜찮았다. 동굴 안으로 허연빛이 짧게 들어왔다가 사라졌다. 달이 굴 밖을 바라봤다. 푸른 하늘 뒤로 검은 구름이 빠르게 쌓이고 있었다.

　"큰 소리가 날 구름⋯⋯."

　달이 혼잣말을 했다.

　달의 말대로 커다란 바위가 하늘을 내리치는 것 같은 소리가 났다.

　"*끄응끄응*."

　잠을 깬 아이가 몸을 들어 올리고 굴 밖을 바라봤다.

"아주 큰 소리가 날 거야."

달이 매듭을 계속 엮으며 아이를 슬쩍 보며 말했다. 역시 아이는 달의 말을 알아듣지 못했다.

아이는 천둥 번개가 칠 때마다 매번 처음인 것처럼 놀라곤 했다. 그때마다 아이는 카나의 품속으로 들어갔는데 오늘은 카나가 없어 아이가 더 안절부절못했다.

콰콰콰쾅——!

회색 구름이 크게 부풀어 올랐다.

"곧 비가 올 거야. 천둥도 치고 번개도……."

달은 아이가 알아듣지 못한다는 걸 알면서도 천천히 말했다.

곧 억센 비가 쏟아졌다. 아이는 구석으로 들어가 세운 무릎에 머리를 넣고 다리를 팔로 감았다. 몸이 떨렸다.

"곧 멈출 거야. 세상에 영원히 계속되는 건 없단다. 나도 하늘에서 떨어졌잖니."

아이가 알아듣지 못하는 걸 알지만 달은 무슨 말이든 해 주고 싶었다.

먼저 번개와 천둥이 생기는 이유를 말했다. 천둥 번개가 가장 많은 지역, 여기는 덜한 곳이니 다행으로 여기라는 위로, 큰 홍수로 사람들이 떠내려간 이야기들……. 어느새 북소리 같던 빗소리가 옅어졌다.

아이는 카나의 털을 모아 둔 자리에서 잠이 들었다. 달의 담요도 마무리되었다. 담요는 군데군데 엉킨 매듭이 두드러져 보였지만 달은 자신의 첫 창작품을 양팔에 걸치고 한참을 내려다봤다. 그때 잠든 줄 알았던 아이가 스르륵 달을 타고 넘어와 달의 양손에 걸린 담요 위에 동그랗게 몸을 말았다. 달은 아이를 담요로 감싸 품에 안았다. 달에게도 아이에게도 처음 있는 일이었다.

볼록 튀어나왔던 아이의 눈썹이 가지런히 펴졌다. 아이의 숨소리가 달의 귀를 간지럽혔다. 동굴 안으로 들어온 빗물이 달이 몇 달 동안 정리해 놓은 식물들을 적셔도 달은 꼼짝도 하지 않았다. 몇 번 더 천둥이 쳤지만 아이는 깨지 않았다.

새벽이 되어서야 비를 쫄딱 맞은 카나가 토끼 두 마리를 입에 물고 돌아왔다. 카나는 물고 온 토끼 두 마리를 달 앞에 내려놓으며 말했다.

"가죽은 아이에게 입힐 거야."

카나가 몸을 여러 번 털어 낸 다음 몸을 동그랗게 말고 바닥에 누웠다.

"좋은 걸 만들었네."

눈이 반쯤 감긴 카나가 달에게 말했다.

"너의 털도 섞었어. 그리고⋯⋯."

달은 카나에게 자랑하듯 말하다 잠시 말을 멈췄다.

"너의 용기로."

카나가 달의 말에 응답하듯 고개를 들어 살짝 머리를 숙였다.

달과 카나 덕분에 아이는 폭신한 담요와 가볍고 따뜻한 가죽옷이 생겼다. 별 대신 빗줄기가 밤하늘을 채웠다.

"아우! 아우!"

카나의 하울링 소리가 아침을 깨웠다.

"아우!"

아이가 카나의 소리가 들리는 호숫가로 곧장 달렸다. 깡충거리며 뛰어가는 아이의 뒷모습을 보며 달이 느긋하게 따라갔다. 아이는 카나가 잡은 통통하게 뱃살이 오른 민물고기를 먹을 생각에 벌써 입에 침이 고였다. 카나가 멀리 큰 바위에서 하늘을 올려다보고 있었다.

달보다 먼저 도착한 아이가 카나 옆에 앉아 같은 하늘을 올려다보았다. 하늘에 펼쳐진 광경에 달이 뒤로 기우뚱하고 누워 버렸다. 하늘을 다 채울 만큼 크고 둥그런 고리 모양의 무지개가 하얗게 이글거리는 해를 감싸고 있었다.

"아우, 아우우우 — 아우!"

아이가 목을 쭉 뺐다.

"아 — 우!"

카나가 아이에게 답했다.

달은 두 눈을 감고 아이의 웃음소리, 카나가 조용히 물을 마시는 소리, 작은 발로 물을 밟는 소리를 들었다. 달이 눈을 떴다. 호수는 해를 비치는 거울 같았다. 카나도 아이도 달도 은빛으로 반짝였다.

　달은 이것이 행복이라는 것일까 궁금했다. 달에게 감정이란 늙지 않는 쥐의 나이를 알아내는 것만큼 어려운 숙제였다. 행복이 무엇인지는 알아내지 못했지만 무지개가 사라지고 나서야 그 순간이 정말로 아름다웠다고 확신했다.

　"카나, 계속 섬에 있을 거야?"

　달이 물었다.

　"곧 떠나야겠지."

　카나가 답했다.

　달은 알면서도 물었다. 한 번 더 묻고 싶었지만 그러지 않았다. 해와 달과 무지개가 그 아침에 있었다. 아이와 함께.

달은 비를 좋아했다.

달은 첫 비의 경험을 생생히 기억했다. 선명한 초록의 색감, 흘러내리는 물방울, 모든 것들을 적시고 부딪히며 내는 소리, 물과 마찰하면서 내뿜어지는 기묘한 냄새들.

비 오는 날이 주는 설렘을 고스란히 누리고 싶었다. 달은 비 한 방울도 놓치고 싶지 않았다. 오랜만의 보슬비 소식에 달이 신이 났다. 아이도 달을 기다리며 동굴 앞에서 엉덩이를 들썩이고 있었다. 비만 오면 물웅덩이로 덮이는 숲을 아이가 놓칠 리가 없었다.

토끼 가죽옷이 생긴 이후에 카나는 아이에게 짧은 비 산책을 허락해 주었다. 토끼 모양을 한 아이가 네 발로 달을 쫓아갔다. 달은 산책길에 아이에게 먹어도 되는 식물과 안 되는 식물들을 설명해 주었다. 아이가 이야기하는 달의 눈을 빤히 바라보았다. 혹시 알아듣는지 싶어 아이 코앞에 풀을 가져다 댔다. 아이는 킁킁 냄새를 맡더니 입을 벌리고 손으로 달려들었다. 달이 잽싸게 손을 뺐다. 아이가 어리둥절한 표정으로 달을 바라봤다. 그다음 번에도 아이는 똑같이 풀잎으로 달려들었다. 달은 아이가 좋아하는 산열매가 달린 긴 줄기를 구해 와 아이 눈앞에서 흔들었다. 아이는 열매를 잡으려고 폴짝거렸다. 달은 아이에게 손가락을 세게 물리고 나서야 멈췄다. 뾰로통해하는 아이의 모습을 계속 보고 싶었는데 아쉬웠다.

카나와 아이도 가끔 이와 비슷한 행동을 했다. 뒤엉켜 구르거나 서로 얼굴을 물어 대는 것 따위의 행동이었는데 둘은 항상 진지했고 최선을 다했다.

처음에 카나가 아이 얼굴을 자기 목구멍까지 넣었을 때, 달은 너무 놀라 카나를 막아섰다. 얼마 지나지 않아 그것이 '너를 믿고 있다.'라는 의미를 가진 늑대들의 놀이라는 걸 알게 되었다. 달은 놀이에 함께하지 않았다. 달에게는 의미 없는 몸짓처럼 보였기 때문이다.

하지만 지금 달도 그 의미 없는 행동에 동참하게 된 것이다. 아이가 갑자기 달 앞으로 달려 나갔다. 스무 걸음쯤 앞에서 고개를 돌려 달을 바라본다. 달은 아이를 따라갔다. 크게 앞지를 수 있었지만 달은 그러지 않았다. 달이 아이 뒤를 쫓다 말고 나무 뒤에 숨었다. 그러면 다시 아이가 달을 찾아냈고 다음번엔 아이가 숨었다. 달은 아이가 숨을 곳을 알고 있었지만 단번에 찾지 않았다. 무엇 때문인지 모르지만 그렇게 하고 싶었다.

비가 땅을 두드리는 소리, 나무가 바람에 부딪히는 소리, 질퍽이는 발걸음 소리, 아이의 그르렁거리는 소리, 달이 비탈길을 구르는 소리. 길고 긴 둘만의 대화를 나눴다.

여러 번의 비 산책 이후로 달과 아이는 비가 오지 않아도 함께 걸었다. 둘이 산책을 하는 동안 카나는 낮잠을 자며 한가한 시간을 보낼 수 있었다. 언젠가부터 카나는 짐승의 갈비뼈를 떼어 내 하루 종일 뭔가를 만들었다. 살을 말끔하게 발라 내고 뼈의 한쪽을 부쉈다. 날카롭게 갈라진 끝이 매끄러워질 때까지 이빨로 긁어냈다.

한번은 뼛조각이 카나의 입천장에 위태롭게 박혀 달이 그걸 빼내느라 고생을 했다. 달의 손은 힘이 세지 않아 달이 하려고 하는 일을 제대로 돕지 못했다. 오늘도 카나는 앞발로 위태로운 뼈를 잡고 뾰족하게 긁어내고 있다.

호수 너머로 해가 떨어져 갔다. 멀리서 흙과 나뭇잎을 잔뜩 묻히고 팔딱거리며 뛰어오는 아이와 그 옆에서 천천히 굴러오는 달의 모습이 보였다. 카나는 목을 살짝 빼 들었다. 오늘은 달까지 흙을 뒤집어쓰고 있는 모습이 평소와 달랐기 때문이다. 카나는 한참 동안 눈을 떼지 않았다. 카나의 꼬리가 부드럽게 흔들렸다.

"달."

카나가 달을 불러 세워 칼처럼 다듬어진 뼈를 툭 뱉었다.

"토끼 가죽에 싸서 아이에게 채워 줘."

달은 그제야 카나가 만든 것이 무엇인지 알았다.

"너의 용기로."

달이 살짝 몸을 기울였다.

카나가 고개를 숙여 달의 인사를 받았다.

아이는 아침부터 저녁까지 잡지도 못하는 토끼를 잡겠다며 토끼 구멍들을 이리저리 뛰어다녔다.

배가 고파진 아이가 다람쥐처럼 나무를 타고 지빠귀 둥지로 올라가 알을 훔쳐 먹었다. 사냥을 마치고 날아온 지빠귀가 아이를 향해 달려들었다. 아이가 팔을 휘젓다 아래로 떨어졌다. 달이 급히 몸을 굴려 떨어지는 아이를 겨우 받아 냈다.

쩌적 — !

어디서 나는 소리인지 알지 못해 아이가 두리번거렸다. 달은 아이를 내려놓고 자리를 떴다.

깊은 밤, 달 혼자 진흙탕 앞에 앉아 한숨을 내쉬었다.

"휴……."

오늘은 수선해야 할 곳이 컸다. 달의 표면 여기저기에 잔금들이 거미줄처럼 갈라져 있다. 보수가 끝난 자국들도 여럿 보였다.

장마가 끝난 즈음부터 달은 모두가 잠이 들고 나면 혼자 이곳으로 왔다. 진흙에 송진을 섞어 꾸덕한 덩어리를 만든 다음 손가락 끝에 메추리알만큼 떠 올려 금이 간 곳에 여러 겹으로 발랐다. 수선 작업은 새벽이 되어서야 끝났다.

달은 이 변화가 무엇을 의미하는지 알 수 없었다. 한 번도 몸의 변화를 겪어 본 적이 없기 때문이다. 달로서는 무엇을 해도 만족스럽지 않고 채워지지 않는 기분이었다. 땅을 밟고 있지만 허공에 떠 허우적거리는 느낌이었다.

달은 손 사이로 흐르는 모래 알갱이를 바라봤다. 달은 소리 없이 움직여 아이와 카나가 잠든 동굴까지 왔다. 카나에게 말하고 싶었지만 정작 눈이 마주치면 입이 떨어지지 않았다. 하지만 카나가 모를 리가 없었다. 얼마 전부터 동굴 안에 굴러다니는 정체 모를 돌덩이들이 달의 것이라는 걸 알고 있었다. 달이 말하고 싶지 않아 하는 것을 알기 때문에 카나는 눈에 뜨일 때마다 그것들을 동굴 밖으로 치워 버렸다.

꽃밭 한가운데 카나의 귀만 뾰족하게 솟아 있었다. 이름을 알 수 없는 갖가지 모양의 꽃들이 서로 엉켜 아름다움을 만들어 냈다. 가을의 마지막 꽃들이었다. 달이 카나 옆으로 다가갔다. 카나는 달이 다가오는 쪽으로 귀를 살짝 움직였다. 달은 아무 말도 없이 부서진 곳만 긁고 있었다.

"언제부터야?"

카나가 눈을 감은 채 물었다.

"난 괜찮아."

놀란 달이 엉뚱한 대답을 했다.

말이 떨어지자마자 달이 긁고 있던 곳이 툭, 하고 카나의 발 앞에 떨어졌다.

"이제 어떻게 되는 건데?"

카나가 달에게서 떨어진 조각의 냄새를 맡았다.

"나도 그게 궁금해……."

달이 꽃대만 남은 민들레를 집어 들었다.

"다 부서지고 작아지면 별이 되나 보지."

카나가 달을 보며 말했다.

달이 놀라 카나를 빤히 바라본다. 카나가 자신을 위로하고 있었다.

"고마워."

달이 진심으로 말했다.

카나가 고개를 갸우뚱했다. 사실 카나는 위로를 한 게 아니었다. 카나는 진짜로 그렇게 생각했다.

카나는 길게 기지개를 켜고 몸을 털었다. 카나의 은회색 털이 홀씨처럼 하늘로 퍼져 나갔다.

"누구나 늙어."

카나가 동굴 쪽으로 느리게 걸어갔다.

달이 카나를 따라 움직였다.

가을비가 내리고 있다. 노랗고 빨간 단풍이 비와 함께 바닥으로 떨어졌다. 차가운 기운이 숲으로 밀고 들어왔다.

아침부터 아이가 아무것도 먹지도 않고 앉은 채로 꾸벅꾸벅 졸고 있었다. 달과 함께하던 비 산책도 나가려고 하지 않았다. 토끼 옷을 입히려고 해도 팔 하나도 넣지 못했다. 카나는 해가 질 때까지 아무것도 먹지 않고 잠만 자던 아이를 핥아 깨웠다. 달이 산딸기를 입에 넣어 줬다. 다행히 잘 받아먹었다.

카나가 아이의 목과 겨드랑이에 코를 넣었다. 몸이 축축했다. 카나는 지난번처럼 시간이 지나면 괜찮아질 거라 믿으며 밤새 아이를 핥았다.

새벽까지 끙끙 앓던 아이는 잠시 잠든 것 같더니 갑자기 용수철처럼 몸을 일으켜 앉은 채로 먹은 것들을 토해 냈다. 열매를 따서 동굴로 들어온 달이 여기저기 아이가 토해 놓은 흔적들을 멀뚱히 바라봤다.

"아이가 뜨거워지고 있어."

카나가 아이의 옷을 찢듯이 벗겨 냈다.

카나와 달이 이 섬에서 가장 일어나지 않았으면 하던 일이 벌어졌다. 오후를 넘어서면서 아이의 몸에는 불그스레한 반점들이 올라왔다. 그중 몇몇은 투명하게 부풀어 오르며 물집이 잡혔다.

"인간의 약을 먹여야 해……."

달이 들릴 듯 말 듯 한 목소리로 말했다.

"필요한 것들을 챙겨."

카나의 목소리에는 어떤 망설임도 없었다.

달은 카나가 하려는 일이 무엇인지 분명히 알고 있었다. 섬을 떠나야 할 때가 온 것이었다. 달은 이 섬에서의 마지막이 어떨지 생각해 본 적이 없지만 이렇게 급작스러울 줄은 몰랐다.

"카나."

달이 동굴 입구 쪽에서 날씨를 확인하고 있는 카나를 뒤에서 불렀다.

카나가 고개를 돌려 달을 바라봤다. 달은 아무 말도 하지 않았다. 카나는 우물거리는 달의 말을 기다리다 다시 고개를 내밀어 하늘을 바라봤다. 비가 그칠 기미가 보이지 않았다.

"아이에게 가죽옷을 입혀."

그제야 달이 허둥지둥 아이의 축 처진 몸을 토끼 가죽옷에 끼워 넣었다. 카나는 아이를 둘러업고 달에게 아이와 자신을 단단히 묶게 했다.

달은 손에 잡히는 것들을 되는대로 포대 자루에 넣었다. 아이를 위해 만든 둥지, 멍석, 여분의 가죽옷, 여정 중에 아이가 먹어야 할 말린 과일과 고기, 그 외에도 달이 찾아낸 섬에서만 자라는 특이한 동식물들 몇 꾸러미를 챙겼다. 달은 이미 꽉 찬 포대에 뭘 더 넣을 수 있을지 살폈다.

카나가 동굴 밖으로 성큼성큼 걸어 나섰다. 달이 혼자 남아 동굴을 둘러봤다. 달은 바닥에 떨어진 말린 열매가지를 주워 가지런히 널려 있는 다른 열매들 옆에 걸었다. 마치 며칠 뒤에 돌아올 것처럼.

달도 굴을 나섰다. 동굴이 조용한 배웅을 했다.

카나가 호수 끝으로 걸어가며 코를 들어 올려 멧돼지 냄새를 찾았다. 다행히 호수 건너편에서 전해지는 멧돼지 냄새는 없었다. 카나는 궂은 날씨가 오히려 좋았다. 거센 빗줄기가 자신들의 발자국을 지워 줄 것이고 비가 아이의 냄새를 씻어 줄 것이기 때문이다.

카나가 물로 들어가기 전 머리를 돌려 등에 매달린 아이를 바라봤다. 카나와 달은 잠시 서로 눈을 맞췄다. 카나가 먼저 호수로 걸어 들어가고 달이 그 뒤를 따랐다. 다행히 여름내 데워진 물이 식지 않았다. 카나는 물뱀처럼 움직여 아이가 최대한 물에 가라앉지 않게 했다.

호수의 반을 건널 즈음 빗줄기가 약해지고 있었다. 카나가 눈동자만 들어 올려 먼 하늘을 봤다. 두꺼운 회색 구름이 몸을 뒤틀며 숲 너머로 빠르게 물러나고 있었다. 카나의 미간이 일그러졌다. 날씨가 개면 아이의 체취가 수증기를 타고 멀리 퍼질 것이었다.

"곧 구름이 걷힐 거야."

뒤에서 따라오던 달이 말했다.

카나가 네 발을 거칠게 휘저으며 앞으로 나갔다. 아이의
몸에 물이 튀는 것은 더 이상 신경 쓰지 않았다. 발차기를 해
대느라 숨이 모자랐지만 카나는 속도를 늦추지 않았다.

겨우 땅에 닿았다. 카나를 따라오고 있는 줄 알았던 달이
보이지 않았다. 달을 찾으려고 두리번거렸다. 달이 호수 가운
데서 물에 가라앉았다 떠오르기를 반복하고 있었다. 몸에 묶
은 커다란 보따리 때문이었다. 카나가 달을 보며 소리쳤다.

"모두 버려!"

하지만 달은 보따리가 떠내려갈세라 한 손으로 더 단단히
끈을 잡았다. 달이 한 팔을 휘적거리며 헤엄쳐 보려 하지만
오히려 몸이 뒤집히면서 땅에서 멀어졌다.

"먼저 가서 기다려!"

겨우 몸을 바로 한 달이 카나에게 소리쳤다.

카나가 아이를 내려놓고 다시 물로 뛰어들어 달에게 헤엄
쳐 갔다. 달 위에 올라탄 카나는 달이 자기 몸에 묶어 놓은 보
따리 줄을 으르렁거리며 물어뜯었다.

"카나!"

달이 보따리를 뺏기지 않으려고 부여잡았지만 카나의 날카로운 이빨에 결국 줄이 끊어졌다. 달의 채집물이 잔뜩 든 보따리가 검은 호수 밑으로 가라앉았다. 달이 그 모습을 지켜봤다. 물 위로 몸이 둥실 떠 올랐다.

"정신 차려."

카나의 매서운 눈빛에 그제야 달은 정신이 번쩍 들었다. 가벼워진 달은 빠르게 앞으로 나갔다.

땅에 도착했을 땐 먹구름이 물러나는 하늘에서 기다랗게 뻗은 무지개가 섬까지 닿아 있었다. 바라지 않은 날씨였다. 태양이 땅의 냄새가 섞인 물들을 빨아들여 숲의 저편으로 날려 보냈다. 아이의 냄새가 빠르게 퍼지고 있었다. 초대장은 보내졌다. 절대로 오면 안 되는 이들에게.

카나와 달이 첫 산맥을 다 넘지도 못했을 때 해는 저물어 온 숲에 어둠이 깔리고 있었다. 될 수 있는 한 빨리 산에서 벗어나야 했다. 어둠이 모든 걸 불리하게 만들기 때문이다.

달은 좁은 나무 틈마다 부딪히고 작은 내리막과 오르막마다 미끄러지고 굴렀다. 그럴 때마다 카나는 달을 밀어 올리고 물어 당겼다. 아이를 업고 뛰는 자신이 몇 배는 더 힘들 테지만 카나는 힘든 내색 없이 앞만 보며 달렸다.

"카나!"

달의 다급한 외침이 카나를 붙잡았다.

카나가 급하게 멈춘 곳은 벼랑 끝이었다. 카나는 자신이 잠을 잔 건지 달리는 건지 알지 못했다.

"큰일 날 뻔했어."

달이 말했다.

카나가 절벽 앞에 펼쳐진 풍경을 바라봤다. 카나와 달이 넘어야 할 마지막 산이 폭포를 쏟아 내며 우뚝 서 있었다. 정신없이 내몰리던 카나의 마음이 조금 누그러졌다. 카나는 물을 혀로 떠 올려 쉴 새 없이 목으로 넘겼다. 카나의 가슴이 크게 부풀었다 가라앉았다.

달이 아이의 옷을 들춰 반점을 확인하고 이마를 짚었다. 나아지지는 않았지만 다행히 더 나빠진 것도 없었다. 아이의 허리춤에서 얼마 전 카나가 만든 뼈가 달랑거렸다.

"아이가 먹을 걸 찾아올게."

달은 근처에서 청딸기 두어 송이를 꺾어서 돌아왔다.

투둑 ─

뭔가가 떨어져 내렸다.

이상했다. 오른쪽, 시야의 절반을 검은 천으로 막아 놓은 것 같았다. 손을 뻗어 눈앞에 흔들어 보았다. 왼쪽에서 보이던 손이 오른쪽으로 움직이면 사라졌다. 달은 이 이상한 감각이 무엇인지 카나가 확인해 주길 바랐다.

"카나?"

달이 부르자 카나가 달에게 다가왔다.

카나는 달 밑에 떨어진 돌덩어리를 보며 머리를 좌우로 갸우뚱거렸다. 달과 땅에 떨어진 돌을 번갈아 바라봤다. 킁킁거리며 냄새를 맡다가 코로 슬쩍 밀어 보기도 하고 발로 툭

건드려 보기도 했다. 달의 눈이 달린 돌이었다. 모양은 남았지만 생기는 없어진 눈.

"내가 보여?"

카나가 물었다.

"응."

달이 손으로 자기 얼굴을 쓸어내렸다. 오른쪽 눈 부분이 움푹 꺼져 있었다. 달의 눈이 부서져 내린 것이다.

"아파?"

"아니."

달은 자신의 눈이 있던, 지금은 아무것도 없는 자리를 툭툭 치며 답했다.

"그럼 됐어."

카나는 앞발로 작은 구덩이를 팠다.

"나는 여기 남을게. 내가 짐이 될 거야."

달이 말했다. 하나밖에 남지 않은 눈동자가 떨렸다.

"내가 어디라도 부러지면 들판에 버릴 셈이군."

카나는 달의 눈 조각을 구덩이에 넣고 흙으로 덮었다.

"나머지 눈도 무너져 내리면?"

달의 목소리가 커졌다.

"이빨로라도 끌어야지."

카나가 몸을 털고 아이를 등에 올렸다.

폭포 소리를 지도 삼아 숲으로 달렸다.

절벽을 에돌아 숲을 지나자 멀리 거대한 폭포가 나타났다. 이 산만 넘으면 아이를 인간의 땅에 보낼 수 있다.

폭포에서 물줄기가 곤두박질치며 산산조각 났다. 가깝지 않은 거리인데도 폭포 소리에 달의 귀가 얼얼해졌다. 카나는 뛰면서 자꾸 발을 헛디뎠다.

카나가 발걸음을 멈춘 곳은 산 중턱쯤, 나무에 둘러싸인 너른 평지였다. 카나는 등에서 아이를 내려 솟아 나온 바위 아래에 밀어 넣은 다음 나뭇가지를 여러 개 물어 와 입구를 아예 막아 버렸다.

"카나, 뭐 하는 거야?"

어리둥절한 달이 카나를 막아서다 카나의 목덜미부터 허리까지 솟구친 털을 알아챘다. 카나의 눈에 차가운 빛이 스쳤다. 카나의 숨소리에 낮게 목을 긁는 소리가 섞였다. 카나가 아무것도 보이지 않는 숲을 노려봤다. 콧잔등이 잔뜩 일그러져 송곳니가 드러났다. 이마까지 구겨진 주름이 카나의 눈을 더 매섭게 만들었다.

"여기를 지켜."

카나가 달에게 말했다.

분명 아무도 보이지 않던 숲에서 검은 형체가 모습을 드러냈다. 멧돼지들이었다. 맨 먼저 호리호리한 몸통에 갈색 털이 난 멧돼지가 사뿐사뿐 걸어 나왔다. 빠른 눈으로 상대방의 몸짓을 읽어 치명적인 상처를 입혀서 쓰러뜨리는 녀석이었다. 그 뒤로 호랑이처럼 큰 덩치의 멧돼지가 여유를 부리며 따라 나왔다. 창으로도 뚫릴 것 같지 않은 질긴 가죽이 단단한 근육을 감싸고 있었다.

마지막으로 숨 쉴 때마다 빠드드득거리는 이빨 소리를 내며 작지도 크지도 않은 몸집의 멧돼지가 걸어 나왔다. 붉은 털이 듬성듬성 가시처럼 박힌 것을 빼고는 다른 멧돼지에 비해 평범해 보였다. 하지만 카나는 그 녀석이 우두머리라는 것을 단번에 알아봤다. 아무것도 읽히지 않는 텅 빈 눈빛과 몸에서 퍼지는 악취 때문이었다. 수많은 생명들이 흘린 피비린내였다.

멧돼지들은 드디어 찾아낸 카나 일행들 앞에 숨소리가 거칠어졌다. 진득한 침이 턱을 따라 줄줄 흘러내렸다.

우두머리가 머리를 좌우로 휘젓고 앞발을 굴리며 상체를 높이 띄웠다. 마치 전투의 시작을 알리는 신호 같았다. 기다렸다는 듯 다른 두 멧돼지들이 꽥꽥거렸다.

카나가 몸을 낮추고 털을 잔뜩 세웠다. 왼쪽에 있던 갈색 털 멧돼지가 먼저 움직였다. 역시나 빨랐다. 카나도 뒤지지 않았다. 카나는 몸을 잔뜩 낮춰 최대한 작게 웅크렸다가 용수철처럼 튀어 나갔다. 정면으로 날아가 멧돼지와 부딪히기 일보 직전에 몸을 틀어 턱 밑으로 파고든 다음 녀석의 아래턱을 물고 늘어졌다. 카나가 몸에서 힘을 뺐다. 카나의 무게로 멧돼지의 턱이 고통스럽게 당겨졌다. 늘어진 카나가 몸을 회오리처럼 돌렸다.

트드득—!

멧돼지의 아래턱이 뜯겨 나갔다.

무사히 내려앉은 카나는 입에 물고 있던 턱을 멧돼지 무리 앞에 던졌다.

카나가 네 발을 넓게 벌리고 발톱을 세워 땅에 박았다. 마치 달과 아이를 지키는 문이 되려고 하는 것 같았다.

아래턱이 통째로 사라져 버린 갈색 멧돼지는 바닥에 쓰러져 허공을 향해 다리를 휘저으며 머리를 땅에 찧어 댔다. 다리를 누가 잡아당기기라도 하듯이 쭉 뻗은 채로 몸을 덜덜 떨더니 그대로 굳어 버렸다.

그 모습을 지켜보던 검은 멧돼지가 가슴을 부풀렸다가 숨을 토해 냈다. 갑옷 같은 검은 털이 푸르르 떨렸다. 그때 카나의 몸을 겨우 지탱하고 있던 왼쪽 뒷다리가 떨리기 시작했다. 멧돼지에게 들킬세라 뒷다리를 바닥에 여러 번 내리쳤다. 떨림은 멈췄지만 허벅지에 좀처럼 힘이 들어가지 않았다.

검은 멧돼지가 달려 나갔다. 땅의 울림이 카나의 발끝에 닿았다. 카나도 멧돼지를 향해 달려갔다. 마주 오는 카나를 보며 멧돼지는 발을 더 거세게 굴렀다. 카나를 뭉개 버릴 기세였다.

카나가 재빨리 녀석의 다리 사이로 미끄러져 들어가더니 꼬리 쪽으로 빠져나왔다. 검은 멧돼지는 잔뜩 약이 올라 콧김을 뿜어 대며 머리를 이리저리 휘둘렀다. 멧돼지가 다시 카나를 향해 돌진했다. 큰 바위가 덮쳐 오는 것 같았다. 하지만 이번에 카나는 움직이지 않았다. 멧돼지의 노란 눈을 피하지 않고 똑똑히 바라봤다. 검은 멧돼지가 카나에게 점점 가까워졌다.

'세 걸음.'

카나가 멧돼지의 남은 발걸음을 셌다. 눈썹 한 올도 떨리지 않았다.

'두 걸음. ……한 걸음!'

그 순간 멧돼지가 송곳니로 카나를 찍으려고 머리를 들어 올렸다. 그러나 카나가 조금 빨랐다.

카나는 몸을 높이 띄워 방향을 바꿨다. 그러곤 시선을 아래로 둔 채 어리둥절해하고 있을 멧돼지를 찾았다. 등에 올라타 목을 물어뜯을 차례였다. 그런데 발밑에 있어야 할 멧돼지가 보이지 않았다.

쿠앙!

무언가 부딪히는 소리가 숲을 울렸다.

검은 멧돼지가 카나가 아닌 다른 무언가의 앞에 서서 숨을 몰아쉬고 있었다. 갑자기 끽끽거리는 괴상한 웃음소리를 내며 머리를 하늘로 쳐올렸다. 우두머리도 양쪽으로 입을 벌리고 한쪽 앞다리로 바닥을 치며 머리를 흔들었다. 땅으로 내려온 카나는 영문을 알 수 없어 우두머리 멧돼지와 검은 멧돼지를 번갈아 바라봤다.

검은 멧돼지가 웃음을 멈추고 한동안 카나를 보더니 옆으로 비켜섰다. 자신의 선물을 구경시켜 주려는 친절한 친구처럼 행동했다.

나무에 기대어 있는 달의 옆모습이 보였다. 카나는 멧돼지들을 경계할 틈도 없이 달에게 달려갔다. 그리고 눈앞의 달을 보고 온몸의 털이 곤두섰다.

멧돼지가 달을 반으로 갈랐다. 반쪽만 남은 달이 눈을 껌뻑거리며 한 손을 휘젓고 있었다. 떨어져 나간 달은 잘린 과일처럼 옆에 뒤집혀 있었다. 카나는 잘려 나간 반쪽을 앞발로 끌어당겨 보려 애썼지만 생기를 잃은 그것은 이미 달이 아니었다.

쿵——

그때 갑자기 우두머리 옆에 서 있던 검은 멧돼지가 베어진 나무토막처럼 옆으로 고꾸라졌다. 우두머리가 반사적으로 몸을 피했다. 검붉은 피가 바닥을 넓게 적셨다. 곧게 펴진 달의 팔이 멧돼지의 오른쪽 목덜미에 창처럼 꽂혀 있었다. 멧돼지는 거대한 몸을 일으켜 세워 보지만 네 다리가 사방으로 벌어지며 다시 바닥으로 무너졌다. 옆으로 누운 채로 다리를 버둥거리고 입을 뻐끔거리더니 곧 숨을 멎었다.

조금 전까지만 해도 승리감에 빠져 있던 우두머리는 재빨리 나무 그림자 속으로 몸을 숨겼다. 우두머리는 시뻘건 눈알을 굴리며 카나를 바라봤다. 예상하지 못한 상황이었다. 바닥으로 끈적한 침만 뚝뚝 떨어졌다.

카나가 반쪽만 남아 뒤집힌 달을 엉덩이로 밀어 일으켜 세웠다.

'웃기지 않아? 나 진짜로 반달이 되었어.'

달은 걱정스러운 얼굴로 자신을 바라보고 있는 카나를 위로하고 싶었다.

그런데 말이 입 밖으로 나오지 않았다. 입도 떨어져 나갔기 때문이다. 둘은 아무 말 없이 서로를 바라보았다. 달이 하나 남은 손으로 카나의 머리를 쓰다듬었다. 카나의 두 귀가 아래로 접혔다. 달이 카나를 만진 건 이번이 처음이었다. 달과 카나는 이제부터 무엇을 해야 하는지 알고 있었다. 카나는 쌓아 놓은 나뭇가지를 치워 내고 바위 아래로 머리를 밀어 넣었다.

아직 잠이 덜 깬 아이는 카나의 가슴 털을 잡아 얼굴을 파묻었다. 기어오르려고 발을 들어 올렸지만 카나가 살짝 목을 빼 그러지 못하게 했다. 달이 아이의 손을 잡았다. 아이가 달라진 달의 모습을 보고 손을 뿌리치며 카나의 다리 사이로 숨었다. 아이에게 자신이라는 걸 알려 주고 싶었지만 그러기에 달은 너무나 달라져 있었다. 그때였다. 아이가 코를 벌름거리며 머리를 앞으로 뺐다. 아이의 작은 코가 달의 손끝에 닿았다. 손끝에 묻은 익숙한 냄새가 아이에게 전해졌다. 아이가 폴짝 뛰어나와 반쪽뿐인 달의 팔을 감싸안았다.

보고 있던 카나가 아이를 밀어 달의 머리 위에 올려 주었다. 아이는 달의 반쪽뿐인 머리에 엉거주춤하게 앉아 매달렸다. 카나가 줄을 물어 달과 아이를 묶는 걸 도왔다. 아이는 영문을 모르겠다는 표정으로 카나를 바라봤다.

"너의 용기로."

카나가 인사했다. 달이 커다란 눈을 깜빡였다. 카나와 달의 눈동자에 서로의 모습이 어른거렸다.

달은 휘청거리는 몸을 간신히 돌려 산봉우리로 이어지는 길로 들어섰다. 아이가 멀어지는 카나를 바라보며 옅은 미소를 지었다. 술래잡기를 하는 것이라고 생각했나 보다.

어둠 속에서 우두머리가 다시 모습을 드러냈다. 시커먼 입술이 귀까지 걸려 올라가 있었다. 우두머리는 이 싸움을 어떻게 마무리 지어야 할지 계산을 끝냈다. 우두머리는 아이가 숲을 빠져나가는 것을 보면서도 고개도 돌리지 않았다. 카나는 알고 있었다. 늙고 절뚝거리는 늑대 따위 단숨에 숨통을 끊어 놓고 느긋하게 아이 사냥을 즐길 생각이라는 걸.

그렇기에 카나는 무슨 일이 있어도 이 길을 지켜 내야 했다. 우두머리가 앞발을 들어 숨통이 끊긴 검은 멧돼지의 머리를 밟았다. 카나에게 보내는 경고였다. 카나의 가슴이 황소처럼 부풀어 올랐다. 심장에서 뿜어낸 피가 정수리를 뜨겁게 달궜다. 하지만 카나의 등 털은 차분히 내려앉아 있었다. 두렵지 않다는 몸의 신호였다.

석양이 능선 위로 붉은 꽃처럼 피었다. 카나는 머리를 어깨 밑으로 떨어뜨린 채 우두머리를 노려봤다. 길어지는 산그림자가 카나의 발끝에 닿았다. 우두머리도 성가시게 몰려드는 하루살이들을 쫓느라 귀를 털었을 뿐 꼼짝하지 않았다. 우두머리는 카나의 지친 숨 냄새가 더 진해지기를 기다리고 있었다. 시간이 우두머리의 편이라는 건 카나가 더 잘 알았다.

카나의 왼쪽 허벅지가 다시 떨리기 시작했다. 이제 무너져 가는 뒷다리를 잡아 둘 힘이 없었다.

카나는 있는 힘껏 뒷발을 찼다. 몸이 앞으로 튕겨져 나갔다. 카나에게 전략 따위는 없었다. 우두머리의 머리를 향해 뛰어올랐다.

"캥!"

우두머리가 카나의 옆구리를 송곳니로 쳐올렸다. 카나의 몸이 활처럼 휘어 바닥으로 내동댕이쳐졌다. 바닥으로 내팽개쳐진 카나의 옆구리 털이 시뻘건 피로 젖어들어 갔다. 몸을 일으키고 싶었지만 다리에는 아무 감각이 없었다.

"캬하으르르."

움직이지 않는 몸을 앞다리로 겨우 끌며 잇몸을 드러냈다. 눈빛만은 이제 막 싸움을 시작하려는 맹수처럼 빛났다. 남은 것은 우두머리의 완전한 승리였다. 하지만 카나에게도 반은 성공한 전투였다. 달과 아이가 도망갈 시간을 벌어 줬기 때문이다.

우두머리가 목구멍을 거칠게 긁는 숨소리를 내며 카나를 향해 걸어왔다. 우두머리는 한 발도 움직이지 못하면서 계속 이빨을 드러내는 카나를 가만히 지켜보다가 상처 난 카나의 뒷다리를 짓이겼다.

"깨──앵!!!!!"

카나의 비명 소리가 하늘로 퍼졌다.

우두머리가 떨리는 카나의 다리를 물어 올리자 카나의 몸이 반쯤 허공에 떴다. 우두머리는 머리를 휘저어 카나를 바닥으로 내리쳤다. 다시 한번 카나의 비명이 이어졌다. 카나의 몸은 멧돼지의 장난감이 되었다. 몇 번을 던져지고 밟힌 카나는 비명 소리조차 내지 않았다. 바닥에 널브러져 눈을 꼭 감고 있는 모습이 죽었는지 살았는지 알 수 없었다.

우두머리는 콧물이 줄줄 흐르는 코로 카나의 몸 구석구석을 훑다가 상처가 깊게 파인 옆구리에 머리를 박고 눈을 지그시 감았다. 숨을 크게 들이쉬더니 침이 찐득하게 엉겨 붙은 입을 크게 벌렸다. 누렇고 단단하게 박힌 이빨들이 고기를 잘라 낼 준비를 하고 있었다.

퍽!

카나가 윗몸을 들어 올려 다리를 틀었다. 뒷발로 주변에 쌓인 흙더미를 차올렸다. 작고 날카로운 나무 조각들과 흙덩이들이 우두머리의 눈, 코, 입, 목구멍으로 박혔다. 우두머리가 뒷걸음질 쳤다.

우두머리는 혓바닥을 쭉 빼고 흙을 토해 내느라 웩웩거리는 동시에 눈꺼풀 안으로 들어온 날카로운 나무 조각들과 싸우느라 고개를 흔들었다. 하지만 나무 가시와 흙더미로 엉겨 붙은 눈은 쉽게 떼어지지 않았다. 카나는 마지막 힘을 다해 앞다리에 힘을 실어 윗몸을 일으켰다. 우두머리의 목에 이빨이 깊게 꽂혔다.

"꿱!"

날카로운 고통에 붙어 있던 우두머리의 한쪽 눈이 번쩍 떠졌다. 카나를 떼어 내려 몸부림쳤지만 카나는 끄떡도 없이 그곳에 붙어 있었다. 우두머리의 숨소리가 점점 더 거칠어졌다. 카나의 입 사이로 붉은색 침이 흘러나오고 있었다.

우두머리가 카나를 목에 매달고 나무를 향해 달리기 시작했다.

터엉!

카나를 나무에 박았다. 나무가 부러지면서 튀어나온 날카로운 가지들이 카나를 찔러 댔다. 우두머리는 멈추지 않고 카나를 바위에 짓이겼다. 우두머리가 지나가는 곳마다 카나의 피가 흘렀다. 카나의 몸 위로 시뻘건 피부가 드러났지만, 원래 그곳에서 태어난 살처럼 카나는 우두머리의 목에 딱 붙어 있었다.

우두머리는 시뻘건 눈알이 뒤집히고 흰자위가 올라왔다.

"*끄르륵 끄에엑……*"

우두머리의 뒷다리가 몸을 가누지 못하고 주저앉았다.

통나무 같은 멧돼지의 머리가 땅으로 떨어졌다. 입을 뻐끔거리며 숨을 넘겨 보려 하지만 쉽지 않았다. 코로 겨우 새어 나오던 숨소리도 곧 끊겼다.

쇠를 긁는 듯한 카나의 숨소리만 어둑한 숲을 채웠다. 카나의 은빛 털이 붉은색이 되었다. 발끝 하나도 움직이지 못하면서 어디로 가려는지 자꾸만 몸을 일으키는 카나를 바람이 살살 눕혔다. 털 사이사이로 들어오는 바람이 지친 몸을 쓰다듬었다. 카나는 코를 들어 냄새를 맡았다. 누군가의 소식을 찾는 것처럼.

"프후."

카나는 옆으로 길게 누워 숨을 내쉬며 하늘을 봤다.

카나의 눈이 목성 같았다.

가늘게 뜬 카나의 눈이 짧게 빛났다.

폭포에 가까워질수록 길은 비좁아졌고 진흙과 부서진 바위들이 좁은 길을 더 위태롭게 했다. 까마득한 길 아래로 계곡물이 빠르게 흘렀다. 카나를 남겨 두고 온 슬픔과 우두머리가 쫓아올지도 모른다는 공포가 자꾸만 달을 미끄러지게 했다. 달에게 매달린 아이도 아슬아슬한 곡예사 같았다.

'지금 발밑에 흐르는 물만 진짜야.'

달의 귀에 카나의 목소리가 울렸다.

생각이 많은 달을 핀잔하며 카나가 했던 말이다. 궂은 날씨에 거칠어진 물살에서 연어를 사냥할 때는 자신의 발밑만 봐야 한다는 늑대들의 말이었다. 달이 아이를 살릴 수 있을지 없을지는 알 수 없었다. 단지 달이 지금 해야 하는 건 이 벼랑길을 걸어 내는 것뿐이다.

달이 반쪽만 남은 자신의 몸에 온 신경을 집중했다. 여기저기 깎여 나가 얼마 남지 않은 몸의 아랫부분을 튀어나온 돌과 나무뿌리 틈에 끼워 앞으로 나아갔다. 휘청거리던 흔들림이 덜해졌다. 달을 세게 잡고 있던 아이의 손아귀 힘이 조금 느슨해졌다. 끝나지 않을 것 같던 좁다란 벼랑길이 조금씩 넓어졌다. 안개비 같은 물보라가 달을 적셨다.

달이 고개를 들었다. 산봉우리 너머에서 폭포가 쏟아져 내려오고 있었다. 정상이 점점 가까워져 갔다.

정상이다. 드디어 달이 폭포 끝에 올라왔다.

폭포의 커다란 물줄기가 얼기설기 튀어나온 바위들에 몸을 부딪히며 아래로 빨려 들어갔다. 폭포 아래에서 불어오는 바람에 아이의 회색 머리카락이 이리저리 휘날렸다. 폭포를 지나 반대편으로 난 계곡은 산 아래로 완만하게 이어져 있었다. 올라온 길과 다르게 푹신한 흙과 푸릇한 잔디가 계곡을 따라 펼쳐져 있었다. 인간의 땅이 저 길 끝에 있다. 달은 아이를 머리에서 내렸다. 발갛게 달아올라 있던 볼 색이 가라앉고 몸에 피었던 붉은 반점도 조금 옅어졌다.

아이는 비틀거리며 평평한 바위로 걸어갔다. 자신을 찾으러 올 카나를 기다리는 것이었다.

'저 아이를 인간의 땅으로 무사히 보낼 수 있기를…….'

머릿속에 떠오른 생각지도 못한 기도에 웃음이 나왔지만 입이 없는 달은 웃지 못했다.

투둑 ―

손가락 하나가 바닥에 떨어졌다. 폭포에서 휘몰아치는 바람이 달을 더 깎아 내렸다. 부스러지는 자신을 내려다보며 달은 마음이 급해졌다.

축 처져 있던 아이가 갑자기 고개를 쳐들고 코를 벌름거렸다. 아이가 달 옆으로 달려와 몸을 붙였다. 수풀이 거칠게 흔들렸다.

"크르르크흐……."

거친 숨소리가 끈적하게 흘러나왔다.

'카나?'

달의 몸이 앞으로 기울었다.

풀숲 사이로 붉은 가시 같은 털이 삐죽하게 튀어나왔다. 우두머리였다. 제대로 들이마셔지지 않는 숨, 완전히 감긴 한쪽 눈, 다른 한쪽으로는 뜨고 있지만 옆으로 돌아간 새빨간 눈알, 목덜미의 축 늘어진 가죽. 카나의 마지막 인사말이었다. 우두머리도 한 발 한 발 힘겹게 걸음을 내딛고 있었다.

"아르르르르……."

아이가 달을 지키려는 듯 앞으로 섰다.

달은 카나에게 이 모습을 보여 주고 싶었다. 달은 한 손으로 아이를 들어 올려 나무 위에 올렸다. 손가락 하나가 더 부러졌다.

아이와 눈을 맞췄다. 아이는 뭔가를 알아 버렸다. 아이의 눈에 커다란 눈물이 담겼다. 눈물, 달이 할 수 없는 것 중 하나였다. 남은 세 손가락으로 아이의 가슴을 쓸어 내렸다. 아이의 따뜻한 체온이 손끝에 닿았다. 달이 몸을 돌렸다. 우두머리도 숨을 몰아쉬며 오르막길 끝에 올라섰다.

달은 멧돼지의 맞은편에 섰다. 계곡 바람에 자꾸 몸이 흔들렸다. 달은 땅에 몸을 비벼 자신의 아랫부분을 더 평평히 부수어 냈다. 한결 편하게 설 수 있게 된 대신 다시는 움직일 수 없게 되었다.

땅에 박혀 움직이지 못하고 있는 달을 본 우두머리의 입꼬리가 기괴하게 올라갔다. 우두머리가 달려 나갔다. 목덜미의 살점이 거세게 흔들렸다. 그렇게 온 힘을 다할 필요도 없건만, 카나에게 당한 것이 분해서 달이라도 산산조각 내지 않으면 안 되는 모양이었다.

쾅!

폭포 아래로 달이 떨어졌다.

폭포 중간에 솟아 나온 첫 번째 바위에 몸의 반이 깨졌다. 두 번째 바위에 나머지 반이 떨어져 나갔다. 거센 물줄기가 남은 돌덩이를 이리저리 밀쳤다. 세 번째 바위에 부딪히자 눈이 달린 작은 돌덩이만 남았다. 달은 카나와 아이의 모습을 떠올리고 싶었지만 도무지 그려지지 않았다.

눈 하나 달린 작은 달이 노랗게 빛났다. 그때 달의 눈앞에 카나와 아이가 또렷이 보였다. 눈언저리에서 따뜻한 물이 흐르는 것이 느껴졌다. 폭포의 주먹질에 눈이 툭 떨어져 나갔다. 완전히 깜깜해졌다.

"꿱, 꿱, 꾸우 꾸우 꾸웨에에엑……."

우두머리는 비명을 질렀다. 쭉 빠진 혀가 땅에 닿을 것 같
았다.

우두머리의 눈에 뭔가가 박혔다. 카나가 만든 뼈 칼이었다.
조금 전 달이 아이의 가슴에서 빼 손에 쥐었다. 우두머리가
세게 부딪혀 주는 바람에 더 깊숙이 파고들 수 있었다.

우두머리는 머릿속에 불덩이가 이리저리 날뛰는 것 같았
다. 물로 뛰어들어 머리를 물에 처박고 흔들다가 그걸로도
모자라는지 더 깊은 물로 첨벙거리며 들어갔다. 물과 뒤엉켜
몸부림을 쳐 보지만 시뻘건 용암이 온몸을 태우며 흐르는 것
같았다. 우두머리는 더 차갑게 몸을 식혀야 했다. 자신도 모
르게 한 발 한 발 앞으로 걸어갔다. 우두머리를 받치고 있던
땅이 사라지며 몸이 물 밑으로 꺼졌다. 코와 입으로 물이 빨
려 들어왔다. 무거운 머리를 물 위로 들어 올리려 발을 휘저
어 보지만 이미 늦었다. 거센 물살이 우두머리를 옭아매 폭
포 아래로 던졌다.

달은 땅으로 떨어졌던 그날처럼 하늘로 떨어졌다.

축복이었을까 불행이었을까, 달은 땅의 기억을 모두 잊었다.

달은 바라는 대로 되었다. 인자한 얼굴도, 기도를 듣던 귀도, 눈물 자국도 사라졌다.

달은 그냥 달이 되었다.

폭포 소리와 어둠만이 숲을 가득 채웠다.

아이는 달과 멧돼지가 폭포 아래로 떨어지는 걸 보며 나무를 세게 부둥켜안았다. 한참을 그대로 있던 아이가 손을 풀고 나무 아래로 내려왔다. 다리를 크게 벌려야 겨우 건널 수 있는 바위 몇 개를 아슬아슬하게 지나 폭포 가까이 다가갔다. 물보라가 하얗게 올라오는 폭포수 아래를 하염없이 내려다봤다. 머리를 갸우뚱거리기도 하다가 뭔가를 본 것처럼 목을 쭉 빼기도 했다. 아무것도 찾지 못한 아이는 어깨를 축 늘어트렸다. 큰 숨을 들이마시고 배에 힘을 단단히 줬다.

"아우, 아 ─ 우 아우!"

아이는 카나와 달에게 자신이 여기에 있다고 알렸다. 하지만 자그마한 아이의 하울링은 폭포 소리에 묻혀 어느 곳에도 닿지 않지 못했다. 아이는 멈추지 않았다.

"아우."

"아우."

"아우우우 ─."

그때, 갑자기 숲이 대낮처럼 밝아졌다. 아이가 주변을 두리번거리다 하늘을 올려다봤다.

달이었다. 커다랗고 환하게 빛나는 동그란 달이 마치 땅에 닿을 것처럼 떠 있었다. 다시 동그래진 달을 본 아이의 얼굴에 웃음이 번졌다. 달이 돌아온 숲엔 하늘에도 물에도 온통 달빛이었다. 잎사귀 하나하나 달빛이 맺혔고 작은 자갈과 너른 바위에도 노란 달빛이 채워졌다.

아이는 두 손을 번쩍 치켜들었다. 하지만 달은 머리 위에 둥둥 떠 있을 뿐 땅으로 내려오지 않았다. 구름이 세 번이나 모양을 바꿨는데도 달은 그 자리 그대로였다. 아이는 눈을 깜빡이는 것도 잊은 채 가만히 앉아 달을 바라봤다. 아이가 뭔가 못마땅하다는 듯 뒷발로 여러 번 머리를 털더니 낑낑거렸다. 목이 마른 아이는 흐르는 계곡물로 가 물을 마셨다. 아이의 눈에 계곡물에서 동동 떠 몸을 흔들고 있는 동그란 달이 보였다. 언제 내려온 걸까. 물 위에서 흘러갈 준비를 하는 달을 보고 아이가 기분 좋게 그르릉거렸다.

달이 아이를 약 올리듯 물 위를 미끄러진다. 아이가 놓칠세라 뒤를 쫓는다. 달은 바위가 모나지 않은 곳을 찾아, 물이 깊지 않은 곳을 찾아 부드럽게 미끄러졌다. 가파르게 좁아지는 물길에서는 길쭉해진 달이 빠르게 흘러내렸다. 아이는 계속 달 꽁무니를 쫓았다. 달 가루 같은 반딧불에 정신이 팔려 숲 깊숙한 곳으로 갔다가도 꼭 달이 부르기라도 한 것처럼 금세 물가로 돌아왔다.

좁은 바위틈 때문에 작아진 달이 졸졸거리며 내려올 때는 아이도 달 옆에서 천천히 걸었다. 작은 틈을 빠져나온 달이 눈 깜짝할 사이에 구불거리는 물길 너머로 사라져 버렸다. 아이가 놀라 물로 뛰어들었다. 계곡 물살에 미끄러지며 손을 뻗어 보지만 달은 잡힐 듯이 잡히지 않고 점점 더 멀어졌다.

풍덩!
달이 커다란 계곡물 연못에 빠졌다.
노란 달이 연못에 꽉 찼다.

풍덩!
아이가 달의 품으로 떨어졌다.

달은 조각조각 깨져 커다란 못의 끝까지 퍼져 나갔다가 언제 그랬냐는 듯 다시 돌아와 둥그렇게 빚어져 아이를 품에 안았다.

놀이가 끝났다.

아이가 두 손을 모아 달을 떠 올려 보지만 곧 허물어져 손가락 사이로 새어 나갔다. 하늘에도 물에도 있는 두 개의 달에 아이의 눈썹이 비뚤어졌다. 아이가 물 위의 달을 내리쳤다. 달이 일그러져 슬픈 얼굴이 되었다. 달은 왜 내려오지 않고 멀뚱히 보고만 있는 걸까. 한밤중 물놀이는 춥다며 품어 줘야 할 카나는 어디에 있는 걸까.

아이는 오래전 그날 밤처럼 다시 혼자가 됐다.

"아우! 아우! 아우우우!"

연못 건너편 나무 사이로 불빛이 어른거렸다. 머리가 희끗한 여인과 수염이 덥수룩한 남자가 등불과 길다란 곡괭이를 들고 나왔다. 한밤중 숲을 지나가던 노부부가 조금 전 늑대 소리를 듣고 나무 뒤에 몸을 숨겼던 것이다. 불빛을 보고 깜짝 놀란 아이는 풀숲으로 뛰어들었다. 토끼인지 여우인지 알 수 없는 것이 몸을 숨기는 것을 보고 부부는 잠시 멈췄다. 풀숲으로 다가가 반짝이는 두 눈을 자세히 살피고는 깜짝 놀라 주저앉을 뻔했다.

"여보, 아이예요. 아이!"

더부룩한 머리에 다 젖은 토끼 가죽을 뒤집어쓴 까무잡잡한 아이가 하얀 이빨을 드러내며 으르렁거렸다. 남편이 놀라 부인을 감싸안았다. 여인은 남편을 진정시키고 아이와 몇 발자국 떨어진 곳에 조심스럽게 앉았다. 한 번도 본 적 없는 인간이지만 늘 물속에 비치던 자신의 모습과 닮았다는 것을, 아이는 알아보았다.

아이가 풀숲에서 나와 몸을 낮추고 앉아 코를 벌름거렸다. 부인이 아이 쪽으로 손을 내밀었다. 아이는 잠깐 뒤로 도망 쳤다가 다시 돌아왔다. 그러고는 냄새를 맡고 부인의 손을 툭툭 건드렸다. 달의 손과 비슷했지만 달과 달리 따뜻하고 말랑했다. 아이는 여인의 손과, 이어지는 팔과, 어깨와 머리카락의 냄새도 맡았다. 여인이 손을 뻗어 아이의 통통한 볼에 가져다 댔다. 아이는 움찔거렸지만 도망가지는 않았다.

"오, 괜찮아, 괜찮아."

여인은 아이가 놀라지 않게 천천히 몸을 돌려 부드럽게 쓰다듬으며 눈을 맞췄다. 신발도 신지 않은 새까만 발에 굳은살이 두껍게 박여 있었다. 새 둥지 같은 머리카락엔 알 수 없는 회색 털들이 잔뜩 엉겨 있었다.

"무슨 일이 있었던 거니?"

여인이 아이에게 물었다. 아이는 고개를 갸우뚱거리며 여인의 얼굴을 빤히 올려다봤다. 여인은 아이가 자신의 말을 알아듣지 못한다는 걸 알았다.

"그래, 누군가 널 지켜 냈으니 여기 있겠지⋯⋯."

여인이 달을 올려다봤다.

"달님이 우리 기도를 들어준 것 같구나."

여인은 이 아이를 사랑으로 키우겠다고 달에게 맹세했다. 남편이 푹신한 담요를 가져와 여인의 품에 기댄 아이를 감싸 안아 올렸다. 부부는 서로 마주 보고 부드러운 미소를 나누며 산 아래 통나무집으로 발걸음을 옮겼다.

"달님, 감사합니다."

남자도 짧은 감사 기도를 했다.

먼 숲 어딘가에서 늑대들의 하울링 소리가 바람을 타고 흘러갔다.

카나도 달도 아이도 없는 그 호수에 보름달이 담겼다.

에필로그

은하수가 하늘을 가로지르는 밤이었다.

"왜 내가 땅에 있는지 묻지 않지?"

달이 물었다.

"안다고 달라지는 건 없으니까."

아무 말 없이 하늘을 보던 카나가 입을 뗐다.

"난 내가 얼마나 살았는지 알지 못해."

달이 말했다.

"나도 마찬가지야."

카나가 답했다.

"처음 얼마간은 나이를 셌던 거 같기도 해. 하늘에서 내가 할 수 있는 일이 그것 말곤 아무것도 없었거든."

달이 하늘을 보며 말을 이었다.

"그건 네 생각이겠지."

카나가 아이를 핥으며 말했다.

"무슨 의미야?"

달이 물었다. 달은 카나가 자신을 탓한다고 생각해 마음에 가시가 돋았다.

"글쎄, 넌 늘 말하는 것보다 훨씬 많은 것들을 해내잖아."

카나가 앞발을 들어 혀로 털을 고르며 답했다.

달이 카나를 가만히 지켜보다가 말을 이었다.

"난 내가 다 안다고 생각했는데 왜 세상의 답은 네가 다 아는 것 같지? 넌 고작 십수 년 산 늙은 늑대일 뿐인데."

"십수 년이라도 나한텐 일생이야. 넌 일생을 살아 보지 못했잖아."

카나가 나른한 하품을 하고 턱을 바닥에 댔다.

섬에서 카나와 달이 나눈 가장 긴 대화였다.

작가의 말

손톱만 한 동그라미를 그리고, 그 안에 세 개의 짧은 막대
기를 그려 넣었습니다. 웃는 달처럼 보였어요. 그리고 아래
이렇게 썼습니다.

"달은 늘 기도를 받는다."

그것이 이 이야기의 출발이었습니다.

그 순간부터 끝인지 시작인지 모를 장면들이 매일매일 조각처럼 떠올라 제 손을 움직이게 했습니다. 어설픈 솜씨로 그들의 이야기를 온전히 받아 적지 못할까 늘 두려웠지만, 알고 싶어서 써 내려갈 수밖에 없었습니다.

그리고 마침내, 그들이 가고자 하는 길이 무엇인지 알게 되었을 때 벅차고 기뻤으며, 결국은 깊이 슬펐습니다. 하지만 그들이 제 곁으로 와 그 여정에 함께할 수 있도록 허락해 준 것만으로도, 저는 한없이 행복했습니다.

이 글이 세상에 나올 수 있도록 도와주신 분들께 존경을 담아 감사 인사 전합니다.

이지은

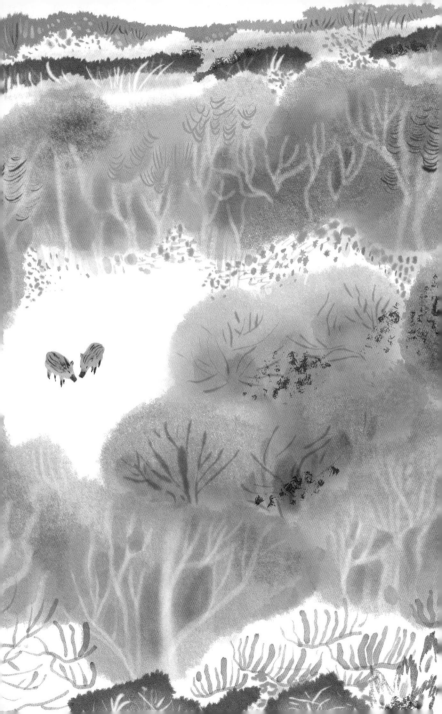

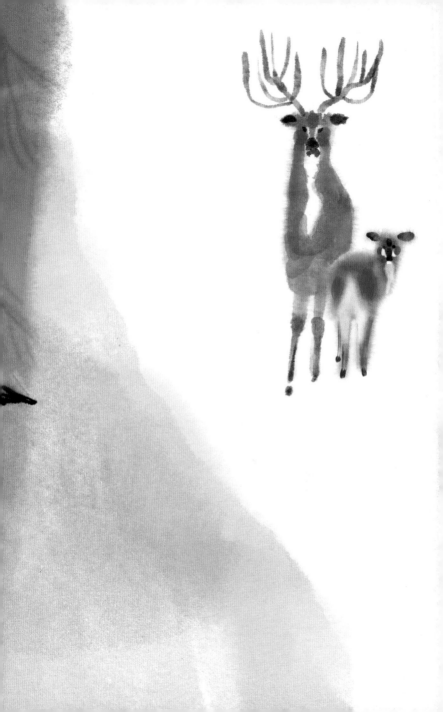

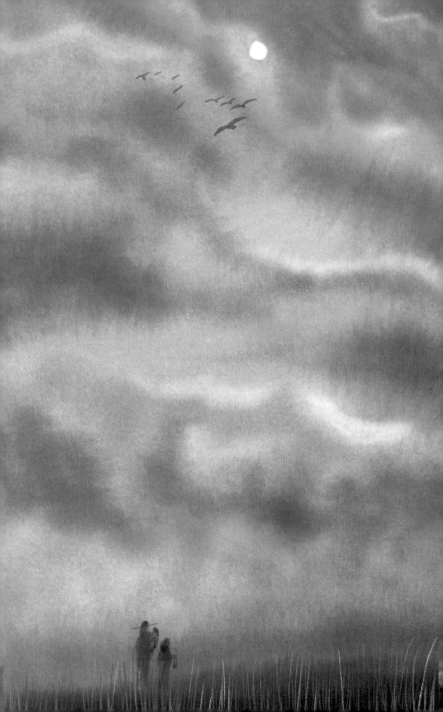